HEYNE BÜCHER

In der Perry-Rhodan-Reihe
sind als Heyne-Taschenbücher erschienen:

Planet der Mock · Band 16/1
Der große Denker von Gol · Band 16/2
Schatzkammer der Sterne · Band 16/3
Sturz in die Ewigkeit · Band 16/4
Die verhängnisvolle Expedition · Band 16/5
Die Tochter des Roboters · Band 16/6
Die Zeitspringer · Band 16/7
Am Rand des blauen Nebels · Band 16/8
Sternkolonie Troja · Band 16/13
Die Nacht des violetten Mondes · Band 16/14
Ich, Rhodans Mörder · Band 16/15
Phantom-Station · Band 16/16
Der Flug der Millionäre · Band 16/17
Raumkapitän Nelson · Band 16/18
Die Zone des Schreckens · Band 16/19
Das Gesetz der gläsernen Vögel · Band 16/20
Das tödliche Paradies · Band 16/21
Der Geisteragent aus dem All · Band 16/22
Der Einsame von Terra · Band 16/23
Baumeister des Kosmos · Band 16/24
Terra in Trance · Band 16/368
Das Aralon-Komplott · Band 16/369
Welt der Prospektoren · Band 16/370
Luminia ruft · Band 16/371
Das Gremium der Vier · Band 16/372
Deserteur der USO · Band 16/373
Die Wurzeln des Todes · Band 16/374
Halo 1146 · Band 16/375
Die Toleranz-Revolution · Band 16/376
Tränen vom Himmel · Band 16/377
Die Elixiere von Chubbid · Band 16/378
Sturm der neuen Zeit · Band 16/379
Als die Kröten kamen · Band 16/380
Verlorenes Leben · Band 16/381
Das sterbende Imperium · Band 16/382
ELOHIM II · Band 16/383
Das Bermuda-Loch · Band 16/384
Eisige Zukunft · Band 16/385
Welt über den Wolken · Band 16/386
Hölle Hoch Vier · Band 16/387
Galaktische Rache · Band 16/388

Perry Rhodan

INVASION DER PUPPEN

Eine Falle für den Großadministrator - Perry Rhodan lernt das Grauen kennen

Ein phantastisches Abenteuer von

WILLIAM VOLTZ

WILHELM HEYNE VERLAG
MÜNCHEN

PERRY RHODAN
Nr. 16/9

Redaktion: Klaus N. Frick

Wilhelm Heyne Verlag GmbH & Co. KG, München
Printed in France 1995
Umschlagillustration: Alfred Kelsner, Bünde
Umschlaggestaltung: Atelier Ingrid Schütz, München
Satz: Compusatz GmbH, München
Druck und Bindung: Brodard & Taupin

ISBN 3-453-09019-5

PROLOG

Als Millicent Vayont den Lärm des landenden Hubschraubers hörte, stellte sie die Küchenmaschine ab und ging über den Flur auf die Veranda hinaus. Hastig strich sie ihre Schürze glatt. Sie lächelte bei dem Gedanken, daß Clint nun die nächsten vier Wochen nicht mehr in die Stadt fliegen mußte. Hier draußen, weit von der ersten großen Stadt der Kolonie entfernt, war eine Frau nicht gern allein.

Am Anfang hatte Millicent Vayont geglaubt, daß sie dieses einsame Leben in der meteorologischen Beobachtungsstation nicht ertragen würde. Aber Clint hatte in den ersten Wochen viel Verständnis gezeigt.

Clint Vayont liebte seine Arbeit. Nur in der völligen Einsamkeit einer fremden Welt fühlte er sich wohl. Da es auf Tammat keine größeren Raubtiere oder andere Gefahren gab, konnte Clint seine Frau in der kleinen Station zurücklassen, wenn er in die Stadt flog, um für Vorräte zu sorgen.

Millicent wartete, bis der Hubschrauber auf dem sauber gerodeten Landeplatz niedergegangen war, dann schritt sie langsam die Stufen hinunter.

Sie sah Clint aus dem Flugzeug klettern. Sie erwartete, daß er sich umblicken und zu ihr herüberwinken würde, wie er es sonst immer tat, wenn er aus der Stadt zurückkehrte.

Clint Vayont schien es diesmal vergessen zu haben. Er warf sich beide Packtaschen über die Schultern und kam langsam zum Haus herüber. Millicent spürte sofort, daß etwas nicht in Ordnung war. Clints Bewegungen kamen ihr eigenartig vor. Erschreckt dachte sie daran, daß er verletzt sein könnte. Rasch beruhigte sie sich wieder. Für Clint waren diese Einkäufe in der Stadt immer eine Belastung. Wahrscheinlich war er nur müde.

Als Clint Vayont die Hälfte des Weges zurückgelegt hatte, sah er seine Frau an und lächelte. Millicent sagte sich, daß sie jetzt hätte erleichtert sein sollen, aber ihre Besorgnis wuchs. Da war etwas an Clints Lächeln, etwas, das überhaupt nicht zu ihm paßte.

Sie gab sich Mühe, Clint nichts merken zu lassen.

Vayont ging an ihr vorüber und legte die Packtaschen auf der Veranda ab. Ohne sich umzudrehen, begann er eine davon zu öffnen.

Millicent atmete erleichtert auf. Clint hatte ihr ein Geschenk mitgebracht, er wollte ihr eine Überraschung bereiten, bevor er sie begrüßte. Clint brachte ihr immer etwas aus der Stadt mit. Diesmal schien es etwas Besonderes zu sein.

Als Clint Vayont sich umdrehte, hatte er eine Puppe in der rechten Hand. Sie war etwas über zehn Zentimeter groß, in bunte Tücher gekleidet und besaß keine Augen.

Es war die häßlichste Puppe, die Millicent je gesehen hatte.

»Hier«, sagte Clint. Seine Stimme klang so, als sei er mit den Gedanken abwesend.

»Was ist das?« fragte Millicent mit unsicherer Stimme. Sie war den Tränen nahe, nannte sich aber deshalb im stillen eine Närrin. Was regte sie an einer einfachen Puppe so auf, die Clint ihr mitgebracht hatte?

»Eine Puppe«, entgegnete er ruhig. »Sie ist für dich.«

»Ich will sie nicht«, sagte sie voll plötzlicher Abscheu. Im gleichen Augenblick taten ihr diese Worte leid. Sie ging auf Clint zu und nahm die Puppe. Einen kurzen Augenblick stand sie wie erstarrt da, dann befestigte sie die Puppe an ihrem Kittel.

Clint beobachtete sie ruhig.

»Alles in Ordnung?« fragte er.

Sie nickte. »Alles in Ordnung«, antwortete sie.

Als sie ins Haus gingen, erblickte sie Clints Puppe. Sie hing im Gürtel des Meteorologen und schwankte bei jedem Schritt hin und her.

1.

Perry Rhodan warf Rore Kalmat einen schnellen Seitenblick zu und fragte sich voller Bewunderung, wie der Leutnant es schaffte, steif wie ein Stock im Sessel zu sitzen und unverwandt auf die Bühne zu starren, wo ein Redner nach dem anderen langatmige Festansprachen hielt. Wenn Clyde Purcell, dem die Lobpreisungen galten, nur einen Funken Charakter besaß – und Rhodan war sicher, daß der Gründer der Kolonie Tammat ein charakterstarker Mann war –, dann würde er diese Lobpreisungen seiner Person in kurzer Zeit einstellen lassen und das Unterhaltungsprogramm eröffnen.

Rhodan verwünschte den Augenblick, da er sich von Bully hatte überreden lassen, an diesem Festbankett teilzunehmen. Reginald Bull verstand es großartig, sich vor solchen Anlässen zu drücken.

Die autarke Kolonie Tammat, die zweite von sieben Welten im Ganter-System, war vor genau fünfzig Jahren von Clyde Purcell gegründet worden. Sie war dem Vereinigten Imperium angeschlossen, dessen oberster Vertreter Großadministrator Perry Rhodan war.

In solchen Augenblicken dachte Rhodan immer wieder daran, sein Amt zur Verfügung zu stellen. Die stolzen Tammater wären jedoch tödlich beleidigt gewesen, wenn Rhodan die herzliche Einladung aus einem fadenscheinigen Grund abgelehnt hätte. Da es innerhalb der Galaxis im Augenblick verhältnismäßig ruhig war, hatte Rhodan ihnen keine Absage erteilen können.

Für Rhodans Begriffe waren die Tammater zu stolz. Sie benahmen sich überaus steif und korrekt. Jede Rede, jeder Vortrag waren ebenso fehlerlos wie die gesamte Organisation der Jubiläumsfeierlichkeiten. Rhodan kam es so vor, als fänden die Kolonisten an dieser Feier keinen Spaß, als böten sie dieses Schauspiel nur für ihren Gast von der Erde.

Rhodan hätte gern gewußt, wie Leutnant Kalmat darüber dachte. Rore Kalmat hatte ihn als einziger Mann der Besatzung der ALAMO begleitet. Direkt nach der Landung waren sie von einem Gleiter hierher geflogen worden.

Rhodan rechnete, daß mehrere tausend Menschen in der gewölbten Halle saßen und den Feierlichkeiten beiwohnten. Rhodan und Kalmat hatten in zwei einzelnen Sesseln Platz genommen, die direkt vor der Bühne aufgestellt waren.

Der Redner auf der Bühne räusperte sich durchdringend, und Rhodan richtete seine Blicke zum Podium. Der Tammater war groß und fett, auf seiner Stirn glänzte der Schweiß. Er trug einen blauen Anzug, ein gelbes Hemd und eine Schärpe quer über die Brust. An seinem Hosenbund hing eine der häßlichen Puppen, wie sie fast jeder der Kolonisten trug. Rhodan nahm an, daß diese Puppen eine Art Nationalsymbol darstellten.

Clyde Purcell, jetzt bereits ein alter Mann, hockte hinter dem Podium und starrte ins Publikum. Er schien ebensowenig auf das Gerede zu hören wie Rhodan.

Rhodan gab Kalmat einen leichten Stoß.

»Was, glauben Sie, wird man uns noch alles zu bieten haben?« fragte er kaum hörbar.

Ohne die Lippen zu bewegen, flüsterte Rore Kalmat: »Die ganze Sache kommt mir etwas komisch vor, Sir.«

Enttäuscht verzog Rhodan das Gesicht. Wenn auch Kalmat sich langweilte, wenn ihm diese Feier sogar komisch vorkam, dann würde er seine Ungeduld früher oder später zeigen. Also war auch Kalmat nicht der richtige Offizier für Repräsentationszwecke.

»Vielleicht sollten wir das Fest etwas auflockern«, schlug Rhodan leise vor.

»...denken wir aber auch an unseren ersten Erfolg in der Weltraumfahrt«, sagte der Redner gerade. »Es ist uns vor einem Jahr gelungen, den dritten Planeten des Ganter-Systems anzufliegen. Irgendwann werden unsere Raumschiffe ebenso in die Tiefen des Alls vorstoßen wie die des...«

»Auflockern, Sir?«

»So steif geht es im exklusivsten terranischen Klub nicht zu«, erklärte Rhodan. »Die Zuschauer wären uns dankbar, wenn wir sie von dieser Qual erlösen und das Unterhaltungsprogramm in Schwung bringen würden.«

»Das Programmheft, Sir«, murmelte der Leutnant.

»Programmheft?« wiederholte Rhodan verständnislos.

»Ich habe es gleich nach unserer Ankunft gelesen. Kein Wort von Unterhaltungsprogramm. Nur Festreden. Kein Tanz und...« Kalmats Augen bekamen einen traurigen Ausdruck »...kein Ausschank von Alkohol.«

»...schon deshalb ist Clyde Purcell ein Mann, der sich würdig in die Liste jener berühmten Pioniere einreihen läßt, die in allen bewohnten Systemen der Galaxis nur mit Bewunderung erwähnt wird«, rief der Redner in den Saal.

Entweder war Purcell schwerhörig oder ein Mann aus Eisen, daß er sich das anhören konnte. Vielleicht war er auch eitel, überlegte Rhodan. Zu seiner Erleichterung verließ der Tammater, begleitet von dezentem Beifall, das Podium und ließ sich auf der Bühne nieder. Hinter Purcell stand ein weiterer Mann auf, um auf das Podium zuzusteuern.

Rore Kalmat seufzte ergeben.

Da stand Perry Rhodan auf und hob die Hand. In seiner einfachen, enganliegenden Kombination wirkte er bei weitem nicht so festlich wie die Kolonisten oder Leutnant Kalmat in seiner ordengeschmückten Galauniform.

»Was haben Sie vor, Sir?« flüsterte Kalmat verwirrt.

Rhodan stieg die Treppe zur Bühne hinauf. Plötzlich war es in der Halle totenstill. Es schien, als hätte diese unverhoffte Änderung im Ablauf des Programms die Tammater schockiert.

Er ging zum Podium und blickte in die Halle. Tausendfach hatte er vor Menschenansammlungen gestanden und gesprochen, aber zum erstenmal fühlte er sich dabei unbehaglich. Die Masse der Gesichter leuchtete hell über den dunklen Anzügen. Ausdruckslose, gleichgültige Gesichter. Den Kolonisten schien jede Begeisterung zu fehlen. Sie reagierten nicht so, wie Menschen zu reagieren pflegten. Sie zeigten noch nicht einmal Unruhe.

Rhodan senkte seinen Blick und schaute zu Kalmat hinunter. Das Gesicht des Leutnants lebte im Vergleich zu den anderen Gesichtern. Kalmat blinzelte ihm zu.

Rhodan zwang sich zu einem schwachen Lächeln. Er deutete eine leichte Verbeugung in Purcells Richtung an. Der Gründer der Kolonie sah ihn aus glanzlosen Augen an. Seine knochigen Finger glitten leicht über die Puppe, die in seinem Gürtel hing. Trotz seines Alters wirkte Clyde Purcell körperlich stark. Seine eckigen Schultern spannten das Jackett, das er trug. Trotzdem fragte sich Rhodan, wie es möglich war, daß dieser Mann eine vorbildliche Kolonie wie Tammat hatte aufbauen können. Purcell schien ein völlig in sich gekehrter Mann zu sein.

Rhodan wandte sich an die versammelten Kolonisten.

»Als offizieller Vertreter des Vereinten Imperiums und der Erde spreche ich unsere Hochachtung vor diesem Mann aus, der mit vollem persönlichem Einsatz diese Kolonie geschaffen hat.« Die Kolonisten spendeten Beifall, aber ihre Gesichter blieben ausdruckslos.

Perry Rhodan fühlte sein Unbehagen wachsen. Schlug ihm nicht offene Ablehnung aus den Reihen der Zuhörer entgegen?

»Meine Vorredner haben bereits alles zum Ausdruck gebracht, was es zu sagen gibt«, fuhr er fort. »Ich bedanke mich für die Ehrungen, die Leutnant Kalmat und mir zuteil wurden. Für das jetzt folgende Unterhaltungsprogramm wünsche ich Ihnen allen viel Vergnügen.«

Auf jeder anderen, von Terranern kolonisierten Welt hätten die von langen Reden gelangweilten Zuhörer stürmisch applaudiert. Doch die Menschen in der Halle blieben ruhig. Niemand bewegte sich, niemand lächelte.

Rhodan mußte unwillkürlich an eine Leichenbestattung denken. Besaßen die Tammater keinen Humor?

Er hörte, daß sich jemand auf der Bühne erhob. Als er sich umwandte, sah er den Zeremonienmeister auf das Podium zukommen. Bereitwillig machte Rhodan dem Mann Platz.

Der Tammater trat auf das Podium und sagte:

»Wir fahren in unserem Programm fort. Es spricht nun der Stadtälteste Berk Tabor.«

Ungläubig beobachtete Rhodan, wie ein weiterer Mann aufstand, mit dem Zeremonienmeister den Platz tauschte und zu sprechen begann, als stünde nicht einen Meter neben dem Podium der Großadministrator des Vereinigten Imperiums, der soeben den Wunsch geäußert hatte, man möge die Festreden beenden.

Rhodan erkannte, daß ihm keine andere Möglichkeit blieb, als zu seinem Platz zurückzukehren. Kalmat wirkte bestürzt, als sich Rhodan neben ihm niederließ.

»Um Himmels willen, Sir – sind die alle verrückt?« flüsterte der Offizier.

»Hier stimmt etwas nicht«, gab Rhodan zurück. »Man könnte glauben, daß dieses Programm sorgfältig einstudiert sei. So sorgfältig, daß keine Änderung möglich ist.«

»Es sind überhaupt keine Reporter anwesend«, flüsterte Rore Kalmat. »Sie wurden nicht ein einziges Mal aufgenommen, als Sie auf der Bühne waren, Sir. Das finde ich ziemlich ungewöhnlich.«

Rhodan wußte, daß der Leutnant recht hatte. Unter normalen Umständen war der Besuch des Großadministrators für jede Kolonie ein Ereignis, das von der Presse gefeiert wurde. Entweder gab es auf Tammat keine Presse, oder die Reporter waren an diesem Ereignis nicht interessiert.

Auf der Bühne sprach noch immer der Stadtälteste. Er wiederholte nur das, was auch seine Vorgänger bereits erwähnt hatten. Rhodan kam sich vor wie bei einer Theatervorführung, wo das gleiche Stück von Robot-Schauspielern immer wiederholt wurde.

Er fühlte kein Mißtrauen gegen die Tammater, denn es gab nicht den geringsten Hinweis, daß auf dieser Welt irgend etwas nicht in Ordnung war. Im Gegenteil: Tammat galt als eine Musterkolonie. Der Planet pflegte enge Beziehungen zur Erde, was man längst nicht von allen Kolonien sagen konnte.

Clyde Purcell galt als ein besonnener und intelligenter Mann.

Rhodan ertappte sich dabei, wie er seine Blicke durch die Halle schweifen ließ, um irgendwo einige Reporter zu entdecken. Aber außer den Zuschauern und den Männern auf der Bühne war niemand anwesend.

Dann fiel Rhodan auf, daß an jedem Eingang eine Gruppe von Kolonisten stand, obwohl noch genügend Sitzplätze frei waren. Es sah aus, als würden die Türen bewacht. Unwillkürlich schüttelte Rhodan den Kopf. Das war blanker Unsinn. Wie konnte er annehmen, daß die Tammater irgend etwas gegen ihn planten? Daß an den Eingängen Männer standen, war reiner Zufall. Vielleicht sollten diese Kolonisten nur verhindern, daß Neugierige in die Halle eindrangen.

Während Berk Tabor weitersprach, beschäftigte sich Rhodan mit den Männern an der Tür. Sein einmal geweckter Verdacht ließ sich so leicht nicht besänftigen.

Schließlich raunte er Kalmat zu: »Schauen Sie einmal zu den Ausgängen, Leutnant.«

Kalmat blickte sich nach allen Richtungen um.

»Was halten *Sie* davon, Sir?« erkundigte er sich nach einer Weile.

Berk Tabor beendete seine Ansprache und wurde mit gemäßigtem Beifall verabschiedet.

»Wachposten!« rief Rhodan über den Applaus hinweg.

»Drei Meilen von hier entfernt steht die ALAMO, Sir«, gab Kalmat zurück. »Ich glaube nicht, daß uns Gefahr droht. Meiner Ansicht nach sind diese Kolonisten nur etwas überspannt. Vielleicht glauben sie, unser Leben vor einem Attentat schützen zu müssen.«

Rhodan redete sich ein, daß der Leutnant recht hatte. Es gab sonst keine vernünftige Erklärung für das Verhalten der Kolonisten.

Inzwischen war Clyde Purcell persönlich zum Rednerplatz gegangen und hielt die Abschlußrede.

Rhodan vermochte sich nicht auf die Worte des Pioniers zu konzentrieren.

Am Schluß von Purcells Rede geschah etwas, das Rhodan zumindest für ungewöhnlich hielt.

»Wir wissen, was wir bisher geleistet haben«, rief Purcell in die Menge. »Wir wissen aber auch, daß wir erst am Anfang stehen. Jetzt ist der Zeitpunkt gekommen, da wir als Träger der Macht die Herrschaft über weitere Welten antreten können.«

Kalmat hustete überrascht. Entweder war Purcell ein seniler Narr, der nicht mehr wußte, was er sagte, oder er konfrontierte seine Gäste mit Äußerungen, die eine diplomatische Entgleisung bedeuteten.

»Das klang nicht gerade demokratisch«, knurrte der Leutnant. »Träger der Macht, wie verstehen Sie das, Sir?«

»Ich wünschte, es gäbe eine vernünftige Antwort darauf«, sagte Rhodan.

Clyde Purcell kehrte an seinen Platz zurück. Die Zuschauer begannen sich von ihren Sitzen zu erheben und bewegten sich auf die Ausgänge zu. Von der Bühne kam der Zeremonienmeister herab.

Rhodan und Kalmat standen auf. Der Abgang der Kolonisten vollzog sich fast völlig geräuschlos. Kein Wort wurde gewechselt. Kalmat, ein großer, noch sehr junger Offizier, mit abstehenden Ohren und langem Gesicht, blickte verwirrt zur Bühne hinauf. Auch dort zogen sich die führenden Männer der Kolonie schweigend zurück.

Der Zeremonienmeister machte vor den beiden Ehrengästen halt.

»Die Zimmer für Sie sind vorbereitet«, sagte er steif. »Mr. Purcell bittet Sie, morgen früh eine Führung durch Ihr Raumschiff zu veranstalten, an der alle wichtigen Männer der Kolonie teilnehmen.«

Rhodan atmete auf. Endlich ein menschlich verständlicher Wunsch. Die Kolonisten waren interessiert, das hochmoderne Raumschiff zu besichtigen. Da ihre eigene Raumfahrt noch in den Anfängen steckte, konnte Rhodan das Anliegen verstehen.

»Selbstverständlich werden wir eine Führung veranstalten«, sagte er freundlich. »Leutnant Kalmat wird dies übernehmen. Er kann alle Ihre Fragen beantworten.«

Kalmat verzog das Gesicht, wagte aber nicht zu protestieren.

»Vor der Halle wartet ein Wagen«, sagte der Zeremonienmeister. »Sie werden in Mr. Purcells Haus schlafen.«

Rhodan tauschte mit Kalmat einen schnellen Blick. Die Aussicht, bei dem Gründer der Kolonie zu übernachten, erschien Rhodan nicht sehr verlockend.

»Es ist vielleicht besser, wenn wir zum Schiff zurückkehren«, meinte Rhodan beiläufig. »Wir wollen Mr. Purcell nicht belästigen. Danken Sie ihm für seine Gastfreundschaft.«

»Mr. Purcell würde sehr enttäuscht sein, Sir«, erwiderte der Tammater. »Er legt großen Wert darauf, daß Sie beide auf sein Angebot eingehen.«

Es sah so aus, als würde er die Kolonisten verärgern, wenn er jetzt zur ALAMO zurückkehrte.

»Es wird uns ein Vergnügen sein«, sagte er zu dem Zeremonienmeister.

Der Kolonist verbeugte sich würdevoll. Er machte eine einladende Handbewegung zum Ausgang hin.

»Wenn Sie mir bitte folgen wollen, Sir.«

Rore Kalmat seufzte ergeben, als er hinter Rhodan und dem Tammater zwischen den Sitzreihen hindurch dem Ausgang zustrebte. Im stillen hatte er gehofft, Rhodan würde darauf bestehen, die Nacht im Schiff zuzubringen. Nun sah es so aus, als würden sie in der Stadt bleiben, noch dazu im Haus eines Mannes, der ganz offen von der Herrschaft über andere Welten sprach, obwohl seine Raumflotte aus nur einem einzigen Schiff bestand, das mit Mühe und Not bis zum dritten Planeten des Ganter-Systems gelangt war.

Die Halle war gleichzeitig das schönste Gebäude der Stadt. Sie diente für Feierlichkeiten und Sportveranstaltungen. Zwar gab es zwei Bauwerke, die wesentlich größer als die Halle waren, aber sie entsprachen reiner Zweckmäßigkeit.

Als Rhodan ins Freie trat, regnete es in Strömen. Der

Himmel war wolkenverhangen. Tammat war eine erdähnliche Welt, die für die Kolonisten günstige Bedingungen bot. Die Tage und Nächte waren auf Grund der schnelleren Eigenrotation Tammats kürzer als auf Terra.

Vor der Halle war ein ausgedehnter Platz, in dessen Mitte ein moderner Springbrunnen errichtet war. Während der Regenzeit war dieser jedoch abgeschaltet.

Rhodan sah, daß der größte Teil der Kolonisten bereits gegangen war. Die Tammater waren mit eigenen Fahrzeugen oder zu Fuß zur Stadt unterwegs.

Der Zeremonienmeister führte sie auf ein langgestrecktes Fahrzeug zu. Der Wagen glänzte vor Nässe. Der Regen trommelte auf das Metall. Die Stadt bildete eine graue Silhouette in der Abenddämmerung. An verschiedenen Stellen blitzten bereits Lichter auf.

Hinter den Wagenfenstern konnte Rhodan zwei Tammater sitzen sehen. Sofort wurde sein Mißtrauen wieder wach. Genügte nicht ein einzelner Begleiter, um sie zu Purcells Haus zu bringen? Der Zeremonienmeister schien das Zögern des Gastes nicht zu bemerken. Er öffnete den Schlag des Fahrzeuges und wartete, daß Rhodan einsteigen würde.

Rhodan fühlte ein Prickeln im Nacken, bei ihm ein sicheres Zeichen für Gefahr. Doch alles, was er sah, wirkte ungefährlich. Er zuckte mit den Schultern und stieg ein. Kalmat folgte dicht hinter ihm.

Der Zeremonienmeister schlug die Tür zu. Rhodan wandte seine Aufmerksamkeit den beiden Männern im Fahrzeug zu. Sie saßen vorn im Wagen und waren durch eine Glaswand von Kalmat und ihm getrennt.

Beide trugen einfache Uniformen. Auch sie hatten eine Puppe im Gürtel hängen.

Der Zeremonienmeister winkte. Der Wagen setzte sich in Bewegung. Völlig lautlos glitt er über die Straße.

»Zwei seltsame Burschen«, bemerkte Kalmat und nickte in Richtung der beiden Tammater. »Glauben Sie nicht auch, daß der Wagen vollautomatisch gesteuert wird und keinen Fahrer braucht, Sir?«

Rhodan hatte den gleichen Gedanken gehabt. Wieder hatte er den Eindruck, daß sie von den Kolonisten bewacht wurden.

Sie fuhren an den ersten Häusern vorüber. Die Stadt machte einen ausgestorbenen Eindruck. Das konnte aber auch am schlechten Wetter liegen. Niemand schien sich für den prominenten Gast zu interessieren. Die Zurückhaltung der Kolonisten war jedoch mehr als ungewöhnlich. Rhodan hatte damit gerechnet, daß mehrere tausend Neugierige die Straßen umsäumen würden.

Aber auch als der Wagen hielt, zeigte sich niemand.

»Hier könnte ich mich nicht wohlfühlen«, bemerkte Leutnant Kalmat.

Rhodan wollte die Tür öffnen, doch sie war abgesperrt. Auch die Tür auf Kalmats Seite widerstand den Bemühungen des Leutnants, ohne Hilfe den Wagen zu verlassen.

Die beiden Fahrer stiegen aus und rissen die Türen auf. Sie verbeugten sich höflich, als Rhodan und Kalmat ins Freie kletterten. Der heftige Wind trieb Rhodan Regen ins Gesicht, aber die frische Luft tat ihm gut.

Aus dem Haus, vor dem das Fahrzeug angehalten hatte, trat Clyde Purcell. Er lächelte seinen Gästen zu. Im Haupteingang des Gebäudes sah Rhodan drei weitere Kolonisten stehen. Sie starrten auf die Straße hinaus.

Rhodan wurden die Vorgänge von Sekunde zu Sekunde unheimlicher.

»Ich freue mich, daß Sie meiner Einladung gefolgt sind«, begrüßte sie Purcell stereotyp.

Der Wagen fuhr davon. Die Fahrer blickten nicht einmal zurück. Kein Fenster in den gegenüberliegenden Häusern öffnete sich. Niemand außer Purcell schien von Rhodans Ankunft zu wissen. Rhodan beschloß, eine direkte Frage an Purcell zu richten.

»Die Einwohner scheinen über unser Hiersein nicht gerade begeistert zu sein«, bemerkte er.

»Wie kommen Sie auf diese Idee, Sir?« wollte Purcell wissen.

Rhodan blickte sich um. »Ich kann nirgendwo einen Zuschauer entdecken. Unter normalen Umständen müßten sich die Kolonisten doch für fremde Besucher interessieren.«

»Glauben Sie mir, wir haben uns lange auf Ihre Ankunft vorbereitet und sind sehr erfreut darüber«, entgegnete Purcell.

Kalmat warf Rhodan einen ratlosen Blick zu. Er schien mit der ausweichenden Antwort nichts anfangen zu können. Rhodan erging es nicht besser.

Purcell bat sie ins Haus. Sie durchquerten den gepflegten Vorgarten. Die Männer im Eingang zogen sich tiefer ins Haus zurück, als Purcell mit seinen Gästen herankam. Nur eine junge Frau stand im Korridor.

»Das ist meine Tochter«, sagte Purcell gleichgültig.

Rhodan begrüßte die gutaussehende Frau, hatte aber den Eindruck, daß sich die Tammaterin kaum für ihn interessierte. Auch Kalmat, der seinen ganzen Charme spielen ließ, wurde abweisend empfangen.

Purcell führte sie eine Treppe hinauf. Das Haus war im typischen Kolonistenstil gebaut und besaß kaum Komfort. Kalmat blickte mehrmals in den Flur zurück, aber Purcells Tochter war schon in den unteren Räumen verschwunden.

»Kühl bis in die Haarwurzeln«, beschwerte sich der Leutnant leise. Rhodan mußte lachen. Kalmats Enttäuschung war offensichtlich. Die tammatischen Frauen unterschieden sich offenbar durch nichts von ihren Männern. Sollte diese Welt einen besonderen Einfluß auf das Gemüt der Menschen ausüben?

Im ersten Stockwerk konnte man über einen schmalen Gang in drei Zimmer gelangen. Purcell brachte Rhodan in das vordere, während Kalmat das mittlere Zimmer erhielt.

»Sie werden das Essen sofort erhalten«, sagte Purcell zu Rhodan und ging hinaus.

Rhodan war überrascht. Die Höflichkeit hätte verlangt, daß der Hausherr mit seinen Gästen gemeinsam speiste. Jetzt sah es ganz so aus, als müßten sie allein in diesen Räumen essen.

Rhodan blickte sich im Zimmer um. Es war einfach eingerichtet und unterschied sich kaum von anderen Räumen auf anderen Kolonialwelten der Erde.

Kalmat kam einen Augenblick später hereingestürzt. Er schien aufgeregt zu sein.

»Er hat mich ins Zimmer seiner Tochter verfrachtet«, berichtete der Leutnant. »Glauben Sie aber nicht, daß das Zimmer eine frauliche Note besäße, Sir.«

Rhodan ließ heißes Wasser in den Waschtisch laufen. Er beobachtete Kalmat im Spiegel.

»Sie lebt wie ein ... wie ein Mönch«, stieß Kalmat hervor. »Ich bin sicher, daß sie vor nicht allzu langer Zeit noch einen Schminktisch besaß und Bilder von netten Männern an der Wand hängen hatte.«

Rhodan begann sich seine Hände zu waschen.

»Wahrscheinlich hat sie sich geändert«, meinte er. »Frauen handeln in manchen Fällen rätselhaft.«

Kalmat ging nervös im Zimmer auf und ab. »Wenn es nur das Mädchen allein wäre, Sir. Aber alle Kolonisten, denen wir bisher begegneten, benehmen sich wie lebende Leichen.«

»Morgen fliegen wir zurück«, erinnerte ihn Rhodan. »In einigen Tagen werden wir über diesen Besuch nur noch lachen. Die Tammater sind eigenartige Menschen. Mehr ist im Augenblick nicht darüber zu sagen.«

Leutnant Rore Kalmat schüttelte den Kopf und ging in sein Zimmer zurück. Nachdem Rhodan sich erfrischt hatte, zog er seine Jacke aus und nahm in einem Schaukelstuhl am Fenster Platz. Er zog den Vorhang etwas zur Seite, so daß er in den Garten blicken konnte. Der Regen hatte noch nicht nachgelassen. Das Wasser rann an der Scheibe herunter und ließ die Bäume im Garten seltsam verzerrt erscheinen.

Rhodan versuchte nachzudenken. Seine Vernunft sagte ihm, daß er sich unnötige Sorgen machte, aber das unbehagliche Gefühl, das ihn während der Feier überkommen hatte, ließ sich nicht unterdrücken.

Es klopfte. Purcells Tochter kam herein und stellte eine Platte mit Sandwichs auf den Tisch. Rhodan sah, daß die junge Frau schön war, aber ihre Schönheit wurde von einer unbestimmbaren Gemütsverfassung beeinträchtigt.

Sie wollte schweigend hinausgehen.

Rhodan drückte sich mit den Füßen ab, so daß der Schaukelstuhl herumschwang.

»Miß Purcell!« rief er leise.

Sie blieb ruckartig stehen und starrte ihn an. Im Hüftgürtel ihres Kleides sah Rhodan eine der häßlichen Puppen stecken.

»Ich bringe noch etwas zum Trinken«, sagte sie.

»Wovor haben Sie Angst?« fragte Rhodan sanft.

»Angst?« wiederholte sie. »Ich habe keine Angst, Sir!«

»Ich meine, eine junge Frau wie Sie sollte etwas fröhlicher sein«, sagte Rhodan vorsichtig. Er wollte sie nicht verletzen, war aber entschlossen, endlich etwas über das mysteriöse Verhalten der Tammater herauszufinden.

Bevor Purcells Tochter antworten konnte, erschien ein junger Mann im Zimmer. Er nahm die Tammaterin wortlos am Arm und zog sie hinaus. Rhodan sprang auf.

»Lassen Sie sie los!« rief er.

Kalmat, der durch diesen Ausruf offenbar alarmiert wurde, riß die Tür seines Zimmers auf und blickte auf den Gang heraus.

Der fremde Tammater sagte: »Sie ist meine Frau.«

Diese Antwort nahm Rhodan jeden Grund zu einem weiteren Vorgehen. Er mußte zuschauen, wie der Kolonist Purcells Tochter die Treppe hinabführte. Kalmat starrte zornig hinter dem Paar her.

»Hat er ihr weh getan?« erkundigte er sich aufgebracht.

»Ich glaube nicht«, sagte Rhodan.

Kalmat stand unschlüssig da. Er wartete darauf, daß Rhodan irgend etwas unternehmen würde. Doch der Großadministrator deutete nur in Richtung auf das Zimmer.

»Kommen Sie, Leutnant. Wir wollen essen.«

Sie aßen gemeinsam in Rhodans Zimmer. Nach wenigen Minuten hörten sie Schritte auf der Treppe. Kalmat legte seinen Sandwich auf einen Teller und hob lauschend den Kopf.

Clyde Purcell kam herein und brachte einen Krug mit zwei Gläsern.

»Mein Schwiegersohn ist manchmal etwas grob«, sagte er entschuldigend, als er die beiden Gläser füllte.

»Ich wußte nicht, daß Ihre Tochter verheiratet ist«, bemerkte Kalmat. Er lächelte entschuldigend. »Ich meine, sie bewohnt ein Zimmer, das nur für eine Person eingerichtet ist.«

»Conway ist ständig unterwegs«, sagte Purcell gelassen.

Rhodan hob sein Glas und hielt es gegen das Licht.

»Wein«, erklärte Purcell ruhig. »Der beste, den wir haben.«

Er stellte den Krug auf den Tisch und ging wieder hinaus. Kalmats Laune hatte sich noch verschlechtert.

»Ich glaube, daß ich noch nie so oft belogen wurde wie auf Tammat, Sir«, sagte er ärgerlich.

»Ich stimme Ihnen zu, Leutnant«, sagte Rhodan. »Ich frage mich nur, *warum* man uns belügt und uns ein derartiges Schauspiel vorführt. In Wirklichkeit scheinen uns diese Menschen zu hassen.«

»Es scheint mir nicht direkt Haß zu sein, Sir«, wandte Kalmat ein. »Vielmehr kommt es mir vor, als seien diese Kolonisten von der Richtigkeit ihres Handelns überzeugt. Sie betrachten uns als abnormale Wesen.«

Sie aßen und tranken und hingen ihren Gedanken nach. Rhodan gestand sich ein, daß Kalmat ein guter Beobachter war, der das Verhalten der Kolonisten richtig gedeutet hatte.

»Ich bin müde«, sagte Kalmat plötzlich.

Rhodan blickte auf. Der junge Offizier verdrehte die Augen. Er hielt sich mit beiden Händen am Tisch fest. Rhodan sprang auf.

»Kalmat, was ist mit Ihnen?« rief er.

Der Leutnant lallte etwas, dann kippte er langsam zur Seite. Rhodan fing ihn auf und trug ihn zum Bett. Vorsichtig legte er ihn dort nieder. Kalmat hatte das Bewußtsein verloren.

War irgend etwas mit dem Essen oder mit dem Wein nicht in Ordnung? Rhodan wußte, daß die Wirkung eines Schlafmittels bei ihm nicht einsetzen konnte, da der Zellaktivator diese Stoffe absorbierte. Hatten die Kolonisten vor, sie aus irgendeinem Grunde einzuschläfern?

Rhodan hatte weder eine Waffe noch ein Armbandfunkgerät dabei, mit dessen Hilfe er die ALAMO erreichen konnte.

Er schüttete den restlichen Wein aus und füllte Kalmats Glas mit kaltem Wasser. Er versuchte, dem Leutnant die Flüssigkeit einzuflößen, doch Kalmat zeigte keinerlei Reaktion.

Rhodan stürmte wütend auf den Gang hinaus. Inzwischen war es im Freien vollkommen dunkel geworden. Regen peitschte gegen das Fenster. Der Wind heulte um das Dach. Die ganze Atmosphäre des Hauses wirkte gespenstisch. In der unteren Etage war es dunkel.

»Purcell!« rief Rhodan. »Kommen Sie herauf, Purcell.«

Es blieb vollkommen still. Da wußte Rhodan mit Sicherheit, daß auf Tammat irgend etwas nicht in Ordnung war. Die Kolonisten hatten etwas geplant, das sich gegen ihre Gäste richtete. Es sah aber nicht danach aus, als seien sie darauf aus, Rhodan und Kalmat zu töten.

Wußten sie nicht, daß die Besatzung der ALAMO spätestens morgen nachmittag Verdacht schöpfen und sich um die Vermißten kümmern würde?

»Kommen Sie herauf, Purcell«, wiederholte Rhodan.

Er fühlte, wie sich sein Herzschlag beschleunigte. Rasch ging er zurück ins Zimmer. Kalmat atmete noch, aber sein Gesicht war blaß. Rhodan nahm den Schaukelstuhl und zerschmetterte ihn mit einem Schlag gegen den Waschtisch. Eines der Holzbeine hob er auf. Mit diesem Knüppel in der Hand, ging er wieder auf den Gang hinaus.

Da erlosch das Licht im Zimmer. Er hörte Kalmat atmen, das Geräusch wurde eins mit dem Brausen des Windes. Der Regen peitschte gegen das Haus.

Das Gefühl völliger Einsamkeit war für Rhodan nicht neu. Seine Sinne spannten sich an. Im Gebälk des Gebäudes knackte es. Von unten drang ein Rascheln herauf.

»Die ALAMO wird diese Stadt in Trümmer schießen, wenn Sie diesen verrückten Plan nicht aufgeben, Purcell«, drohte

Rhodan. »Wie wollen Sie unser Ausbleiben morgen der Besatzung des Leichten Kreuzers erklären?«

Niemand antwortete ihm.

Da hörte er die untersten Stufen knarren. Er umklammerte das Stuhlbein fester und drückte sich gegen die Wand. Seine Gegner konnten in der völligen Dunkelheit nicht besser sehen als er.

Er verhielt sich vollkommen ruhig, um Purcell und seinen Helfern nicht seinen Standort zu verraten. Nach den Geräuschen zu schließen, kamen mindestens vier bis fünf Personen die Treppe herauf. Ihre Mühe, dabei keine Geräusche zu verursachen, war umsonst.

Bedächtig hob Rhodan das Stuhlbein hoch. Er war bereit, sich zu verteidigen. Purcell war ein alter Mann, er würde es also nur mit den anderen Männern zu tun haben, die sich im Haus aufhielten. Oder war inzwischen Verstärkung eingetroffen?

Die Geräusche kamen schnell näher. Da hörte Rhodan unmittelbar vor sich das Schleifen eines Kleidungsstückes an der Wand. Mit einem gewaltigen Hieb ließ er das Stuhlbein heruntersausen. Er spürte, wie er einen Körper traf. Der Gegner in der Finsternis gab einen erstickten Laut von sich und verlor den Halt. Ein Höllenlärm brach los. Der Verletzte schien gegen einen hinter ihm Gehenden geprallt zu sein. Zusammen stürzten diese beiden die Treppe hinab. Rhodan lächelte grimmig. Er würde diesen Halunken beweisen, daß die Ausführung ihres Planes nicht so einfach war.

Da wurde das Licht wieder eingeschaltet. Für einen Augenblick war Rhodan geblendet. Als er wieder sehen konnte, erkannte er zwei Männer, die fast bei ihm waren. Clyde Purcell stand noch auf der Treppe. Er hielt zwei Puppen in der Hand.

Zum erstenmal sah Rhodan die Gesichter der Puppen. Er erschrak. Aus den Augenhöhlen der Spielzeugfiguren ragte etwas hervor. Es waren wurmartige Gebilde, die sich aus den Augenhöhlen schlängelten.

Die zwei Tammater warfen sich auf Rhodan. Der Terraner

machte einen Schritt zurück und führte mit dem Stuhlbein einen kurz angesetzten Schlag von der Seite. Er traf den vorderen Kolonisten, der mit einem Aufschrei zur Seite taumelte. Der andere Mann umklammerte Rhodans Hals. Rhodan löste sich mit einem Judogriff aus den Armen des Angreifers. Ohne daß er es verhindern konnte, stürmte Purcell an ihm vorbei in das Zimmer, in dem Rore Kalmat lag.

Der getroffene Kolonist kam wieder auf die Beine und trat nach Rhodan. Von unten kamen zwei weitere Männer und Purcells Tochter herauf. Rhodan traf Purcells Schwiegersohn mit dem Stuhlbein am Kopf. Der junge Tammater brach zusammen.

Purcell kam aus dem Zimmer heraus. Jetzt hielt er nur noch eine Puppe in den Händen. Er näherte sich damit den Kämpfenden. Rhodan sah sich jetzt einer erdrückenden Übermacht gegenüber. Der Kampf blieb vollkommen lautlos, nur das schwere Atmen der Männer war zu hören.

Sie fielen zu viert Rhodan an, unterliefen ihn und hielten ihn an den Beinen fest. Verbissen schlug Rhodan auf sie ein. Dabei ließ seine Aufmerksamkeit gegenüber Purcell nach. Der Pionier machte einen Satz auf ihn zu und drückte die Puppe gegen seinen Rücken.

Perry Rhodan ließ das Stuhlbein fallen und hörte auf zu kämpfen. Die Puppe kroch langsam über seinen Rücken zum Gürtel herab und setzte sich dort fest. Die Kolonisten beobachteten ihre Gegner schweigend.

Rore Kalmat kam langsam aus dem Zimmer heraus. Er trug die andere Puppe. Niemand sprach. Das Heulen des Windes schien sich noch zu steigern. Das Dach knarrte und ächzte.

Clyde Purcell wandte sich langsam von den Überwältigten ab und ging die Treppe hinunter. Schweigend folgten ihm die anderen.

Rhodan und Kalmat kamen zuletzt.

2.

Major Dean Wilken war der Kommandant der ALAMO. Das kugelförmige Raumschiff war auf dem kleinen Landeplatz von Tammat niedergegangen.

Zum drittenmal an diesem Morgen blickte Wilken auf die Uhr. Er war nicht gerade beunruhigt, aber er begann sich zu fragen, warum Rhodan und Leutnant Rore Kalmat noch nicht zurückgekehrt waren. Zwar hatte der Großadministrator damit gerechnet, daß sie die Nacht über in der Stadt bleiben würden, aber er hatte Wilken zugesichert, daß sie früh am nächsten Morgen zum Schiff zurückkehren würden.

Wilken verzog das Gesicht. Er war ein breitschultriger, mittelgroßer Mann. Sein faltenreiches Gesicht wurde von einer ungewöhnlich großen Nase beherrscht, die oft den Mittelpunkt heimlichen Spottes bei der Besatzung bildete.

Wilken kannte die Hartnäckigkeit, mit der die Kolonisten meist ihre berühmten Gäste festzuhalten versuchten. Es gab auf jeder Kolonialwelt eine Menge wichtiger Leute, die alle begrüßt werden wollten.

Dean Wilken verließ die Kommandozentrale der ALAMO und schlenderte gemächlich zur Hauptschleuse. Die Stadt lag etwa drei Meilen vom Landeplatz entfernt. Rhodan und Kalmat waren mit einem Gleiter abgeholt worden. Wilken war dankbar dafür, daß es der Leutnant war, der Rhodan begleitet hatte. Das hatte ihm, Wilken, das obligate Händeschütteln und Austauschen fader Komplimente erspart.

An Bord des Leichten Kreuzers der Städteklasse hielten sich 146 Männer auf. Für Sondereinsätze wie diesen war das schnelle Schiff gut geeignet. Rhodan hielt es für wenig diplomatisch, mit einem Superschlachtschiff zu solchen Anlässen zu fliegen. Im allgemeinen hielten die Kolonisten nicht viel von Demonstrationen militärischer Überlegenheit. Sie fühlten sich dadurch unbewußt in ihrer Souveränität beschränkt. Für die Zusammenarbeit war es besser, wenn man kleine Schiffe wie die ALAMO benutzte.

Major Dean Wilken war noch jung. Er wußte, daß er in

einigen Jahren ein größeres Schiff befehligen würde, wenn er sich bewährte.

Wilken erreichte die Hauptschleuse der ALAMO. Während der Nacht hatte es aufgehört zu regnen, aber der Landeplatz glänzte noch vor Nässe. Das Licht Ganters, der kleinen gelben Sonne dieses Systems, hatte die Wolken noch nicht zu durchdringen vermocht. Zwischen dem winzigen Raumhafen und der Stadt erstreckte sich ein gepflegter Park.

Wilken dehnte sich behaglich. Die frische Morgenluft tat ihm gut. Der Wind konnte die regennassen Fahnen am Eingang des Raumhafens kaum bewegen.

Da sah Major Wilken sieben große Transportfahrzeuge über die Straße von der Stadt herangekommen. Im vorderen Wagen saßen mindestens dreißig Männer, die hinteren waren mit Paketen beladen. Wilken runzelte die Stirn. Er nahm an, daß dies die Geschenke waren, die die Tammater der Besatzung der ALAMO machen wollten.

Wilken fragte sich, was diese vielen Kolonisten hier wollten.

Wenig begeistert dachte er an die Möglichkeit einer Schiffsbesichtigung. Dann würde er um das Händeschütteln und den Austausch der Komplimente nicht herumkommen können.

Er ging in die Schleuse zurück und schaltete den Interkom neben der Schleusenkammer ein.

»Achtung! An die Besatzung: Es sieht so aus, als bekämen wir Besuch. Jedes Mannschaftsmitglied hat unauffällig darauf zu achten, daß die Kolonisten durch ihr Neugier keine Geräte des Schiffs beschädigen. Die Tammater sind höflich zu behandeln.«

Er kehrte an seinen Beobachtungsplatz zurück. Mehr konnte er im Augenblick nicht tun. Die Männer in der ALAMO würden mit Argusaugen darüber wachen, daß irgendein Übereifriger keinen Unfug trieb.

Die Wagenkolonne hatte den Landeplatz erreicht und näherte sich dem Schiff. Es waren die typischen Allzweckfahrzeuge, wie sie in den terranischen Kolonien benutzt wurden.

Mit gemischten Gefühlen beobachtete Wilken, wie das vordere Fahrzeug unmittelbar unter der Schleuse anhielt. Zu seiner Erleichterung stiegen zuerst Rhodan und Leutnant Kalmat aus. Dahinter kletterten die Kolonisten ins Freie. Die nachfolgenden Wagen bremsten dicht hinter dem Personentransporter. Die Motoren verstummten.

Wilken sah, daß jeder der Männer eine Puppe im Gürtel trug. Besonders Kalmat in seiner ordensgeschmückten Uniform wirkte dadurch äußerst lächerlich. Wilken dachte belustigt daran, daß er jetzt ebenso aussehen würde, wenn er anstelle des Leutnants Rhodan begleitet hätte. Hoffentlich kamen die Tammater nicht auf die Idee, die gesamte Besatzung mit diesem Souvenir auszurüsten.

Weder Rhodan noch Kalmat schienen bei guter Laune zu sein. Mit unbewegten Gesichtern standen sie neben dem Fahrzeug und warteten, daß alle Kolonisten ausstiegen. Wahrscheinlich waren die beiden Abgeordneten des Imperiums die ganze Nacht über nicht zur Ruhe gekommen.

Dean Wilken ging zum Interkom und befahl dem Offizier vom Dienst, den Landesteg auszufahren. Natürlich hätte er auch den Lift bereitstellen können, aber sicher war das würdevoller, wenn die Gäste über den Steg das Schiff betraten. Außerdem verzögerte das ihre Ankunft um weitere Sekunden.

Als Wilken abermals aus der Schleuse blickte, war der Landesteg bereits unten verankert.

Nicht nur Rhodan und Kalmat, auch die Kolonisten machten einen verschlafenen Eindruck. Sie bewegten sich eigenartig, fast so, als müßten sie mit geschlossenen Augen über eine Straße gehen. Wilken lächelte schwach. Je müder diese Burschen waren, desto besser war die Aussicht, sie schnell wieder loszuwerden.

Rhodan, Kalmat und ein alter Mann kamen zuerst den Steg herauf. Wilken sah, daß einige Kolonisten damit begonnen hatten, die anderen Wagen zu entladen. Eine Gruppe von zwölf Tammatern schleppte bereits mehrere Pakete auf den Landesteg zu. Wilken wurde von einem Gefühl der Unruhe beschlichen.

Er wußte nicht, woher es so unverhofft kam, aber es war so intensiv, daß er es nicht einfach von sich abschütteln konnte.

Wieder blickte er auf den Steg hinab. Zum erstenmal sah er Kalmats Gesicht deutlich. Der Leutnant wirkte übernächtigt, sein eingefallenes Gesicht war blaß. Die Folgen eines übermäßigen Alkoholgenusses, überlegte Wilken verächtlich. Hoffentlich hatte der Leutnant nicht im Beisein Rhodans über die Stränge geschlagen und das Ansehen der gesamten Besatzung geschädigt.

Wilkens Gedanken wurden von Rhodans Stimme unterbrochen.

»Guten Morgen, Major«, sagte der Großadministrator. »Ich möchte Clyde Purcell vorstellen, den Gründer dieser Kolonie.«

Beim Klang von Rhodans Stimme erschrak Wilken. Rhodan hatte völlig teilnahmslos gesprochen, er schien mit den Gedanken weit weg zu sein. Bevor Wilken sich jedoch darüber Gedanken machen konnte, bot ihm Purcell die Hand. Wilken ergriff sie. Sie fühlte sich kalt an. Kalt, feucht und schlaff.

Wie die Hand eines Toten, dachte Wilken beunruhigt.

Er blickte auf und schaute Purcell ins Gesicht. Der Alte schien durch ihn hindurchzublicken, seine glanzlosen Augen waren in eine unbekannte Ferne gerichtet.

»Das ist Major Dean Wilken, der Kommandant der ALAMO«, sagte Rhodan.

Wilken fühlte, daß ihn jemand anstarrte. Unruhig bewegte er den Kopf. Es war Kalmat. Der Leutnant hatte seinen leeren Blick auf den Vorgesetzten gerichtet. Wilken schien es, als spräche aus diesen Augen ein unstillbarer Hunger nach irgend etwas.

»Die Kolonisten interessieren sich für das Schiff«, sagte Rhodan. »Wir werden ihnen Gelegenheit zu einer ausgedehnten Besichtigung geben.« Er deutete beiläufig den Landesteg hinab. »Geschenke für die Besatzung. Sie können an Bord gebracht werden.«

»Jawohl, Sir«, erwiderte Wilken steif. Rhodans Stimme klang unpersönlich. Über Nacht schien sich sein Verhältnis zu Major Wilken geändert zu haben.

War es in der Stadt zu folgenschweren Zwischenfällen gekommen? Die Tammater sahen nicht gerade freundlich aus. Wilken riß sich von diesen trübsinnigen Gedanken los.

»Kommen Sie, meine Herren«, forderte er die Kolonisten freundlich auf.

Er beschloß, das Beste aus dieser merkwürdigen Situation zu machen. Sicher gab ihm Rhodan bald eine Erklärung.

Der Major wandte sich um und ging voraus. Er spürte, daß sich Rhodans Hand vertraulich auf seine Schulter legte. Erleichtert atmete er auf. Es schien alles in Ordnung zu sein. Für einen Moment glaubte er ein schwaches Prickeln zu fühlen, als berühre etwas seine nackte Haut.

»Ich glaube, jetzt können Sie uns führen«, sagte Rhodan monoton.

Ohne sich umzudrehen, erwiderte Major Dean Wilken: »Ja, das stimmt.«

Leutnant Woodrow Anglesy spielte nervös mit einem Schreibstift. Zum wiederholten Male glitten seine Blicke prüfend über die Kommandozentrale der ALAMO. Warum, zum Teufel, kam Major Wilken nicht endlich, um ihnen zu sagen, wann die Kolonisten mit der Besichtigung der Zentrale begannen? Anglesy sah, daß die siebenundzwanzig Besatzungsmitglieder, die sich außer ihm noch im Kommandoraum aufhielten, ebenfalls unruhig wurden. Anglesy konnte sich schon in Gedanken ausmalen, wie die Bande hereinkam und alles betastete, was glänzte oder ihr Interesse erweckte.

Woodrow Anglesy war nicht arrogant, aber tief in seinem Innern hegte er die gleiche Abneigung gegen Kolonisten, die auch viele andere Raumfahrer Menschen entgegenbrachten, die ihr ganzes Leben lang mit einem einzigen Stück Land verwurzelt waren.

Hoffentlich mußten sie keinen Probestart vorexerzieren.

Anglesy grinste. Das wäre die beste Gelegenheit, um diese Bande einmal tüchtig durchzurütteln.

Er blickte abwesend auf den Bildschirm der Außenübertragung. Noch immer war ein Teil der Besucher mit dem Abladen der Pakete beschäftigt.

Er hörte, wie jemand die Zentrale betrat, und fuhr herum. Es war Major Wilken. Der Major schien verstört zu sein. Fast hatte Anglesy den Eindruck, als müßte sich Wilken erst in der Zentrale orientieren.

»Die Besichtigung beginnt«, sagte Wilken gleichmütig.

Anglesy zog die Augenbrauen hoch. Der Major hatte Nerven. Ohne jede vorherige Warnung ließ er die Bande hier hereinplatzen. Das war er im allgemeinen von Wilken nicht gewöhnt. Wollte ihn der Major vor Rhodan bloßstellen? Er war der Offizier vom Dienst und mußte darauf achten, daß die ALAMO praktisch jederzeit startbereit war. Aber bei einem Auftrag wie diesem galt diese Vorschrift als Anordnung, die stillschweigend übergangen werden konnte.

Während Anglesy sich noch darüber Gedanken machte, kamen die ersten Kolonisten bereits herein. Jeder trug ein Paket in den Händen. Einer der Tammater näherte sich Anglesy und überreichte ihm mit einer Verbeugung das Paket.

»Danke«, sagte der Leutnant knapp.

Er beobachtete, daß jeder Mann in der Zentrale ein Paket bekam. Mürrisch begann Anglesy das Geschenk auszupacken.

»Auf Tammat ist es Sitte, daß jeder Kolonist eine dieser selbstgefertigten Puppen trägt«, klang Wilkens Stimme auf. »Diese schöne Sitte werden wir während der letzten Stunde unseres Hierseins übernehmen. Die Puppen werden ein bleibendes Andenken für unseren Besuch im Ganter-System sein.«

Wilken sprach, als wäre er auf einer Beerdigung.

Anglesy nahm den Deckel des Paketes ab. In weiches Papier gebettet, lag vor ihm eine Puppe. Sie war in bunte Tücher gehüllt. Ihr Gesicht war dem Boden zugewandt.

Neben Anglesy entstand eine Bewegung. Er blickte auf und sah Wilken neben sich stehen. Der Major blickte mit ausdruckslosen Augen auf das geöffnete Paket. Anglesy wich unwillkürlich zur Seite. Etwas an dem Major stieß ihn ab.

Wilken griff in das Kästchen und holte die Puppe hervor.

»Ich werde sie Ihnen anhängen«, sagte er.

Anglesy kam diese Hilfsbereitschaft merkwürdig vor.

»Das wird nicht nötig sein, Sir«, sagte er hastig. Er streckte die Hand aus und wollte sich die Puppe wieder geben lassen.

»Kommen Sie schon, Leutnant«, drängte Wilken.

Widerstrebend stand Anglesy auf. Sein Inneres sträubte sich dagegen, diese Puppe zu tragen, aber Wilken schien darauf bestehen zu wollen.

Da gellte ein Entsetzensschrei durch die Zentrale. Anglesys Herz machte einen Sprung, er fühlte plötzlich, daß er die ganze Zeit schon unter Spannung gestanden hatte, die sich jetzt augenblicklich entlud. Der Schrei schien einen geheimnisvollen Bann zu brechen.

Wilkens Hände, die die Puppe hielten, zuckten zurück.

Anglesy konnte nicht mehr feststellen, wer geschrien hatte. Bevor er etwas unternehmen konnte, warf Wilken sich über ihn und drückte die Puppe gegen seine Brust. Im Fallen sah Anglesy, daß überall in der Zentrale die Kolonisten über die Besatzungsmitglieder herfielen.

»Verrat!« schrie Anglesy.

Er bäumte sich auf, um Wilken abzuwerfen. Da fühlte er eine Berührung auf seiner Brust, als treffe ihn ein Strahl eiskalten Wassers. Augenblicklich erstarb sein Widerstand. Major Wilken stand auf. Anglesy schaute zu ihm empor, der fragende Ausdruck seiner Augen erlosch. Einen kurzen Moment später richtete sich Leutnant Woodrow Anglesy auf.

Der Kampf um die Zentrale hatte nur wenige Sekunden gedauert. Sämtliche Männer der ALAMO, die sich im Kommandoraum aufhielten, trugen jetzt eine Puppe. Sie kehrten schweigend an ihre Plätze zurück.

Nach einer halben Stunde kamen Perry Rhodan und Clyde

Purcell herein. Kalmat und weitere Männer der Besatzung folgten. Ohne ein Wort zu verlieren, ging Rhodan zum Kommandosessel. Anglesy stand auf und machte ihm Platz.

Rhodan ließ den Landesteg einfahren und schloß die Schleusen. Dann ließ er die Triebwerke anlaufen. Schweigend taten die Männer der ALAMO ihre Arbeit. Ihre Bewegungen waren nicht so schnell wie sonst, man hatte den Eindruck, daß sie ab und zu überlegen mußten, was zu tun war.

Das Summen der Kontrollanlagen erfüllte die Zentrale. Alles lief wie bei einem normalen Start ab. Ein Beben durchlief das Schiff. Dann schoß die ALAMO in den wolkenverhangenen Himmel hinauf. Die Andruckneutralisatoren verminderten die Folgen der Beschleunigung auf ein kaum spürbares Maß.

Die Männer in der Zentrale des Schiffes lasen die Werte von den Kontrollen ab. Die Computer begannen zu arbeiten. Der Kurs des Schiffes wurde berechnet.

Ein flüchtiger Beobachter hätte nichts Ungewöhnliches an dieser Situation gefunden. Bei einer gründlicheren Überprüfung hätte er jedoch verwundert festgestellt, daß keiner der Männer sprach.

Nicht ein einziges Wort.

3.

Kersh schloß die Tür hinter sich ab und lauschte. Er mußte vorsichtig sein, denn Dilian hatte in letzter Zeit hinter ihm nachspioniert.

Doch im Haus blieb es ruhig. Dilian arbeitete in der Nährstoffabrik am Rande der Stadt. Dort bediente er die Bewässerungsanlagen – eine Arbeit, die ihn im Laufe der Jahre abgestumpft hatte. Für Kersh war es ein Rätsel, daß ausgerechnet der geizige Dilian ihn adoptiert hatte.

Kersh schritt quer durch den kleinen Raum und hockte sich auf einen Holzkoffer vor dem Spiegel. Dilians Frau war schon vor sieben Jahren gestorben, so daß Kersh ein eigenes Zimmer in Dilians Haus besaß.

Kersh fühlte sich alt genug, um irgendwo in der Stadt zu arbeiten, aber die Kolonisten lehnten ihn ab. Seine Herkunft war rätselhaft, und er lebte im Hause eines unbeliebten Mannes. Außerdem war Kersh häßlich, obwohl es ihm leichtgefallen wäre, dies zu ändern.

Die Kolonisten erzählten, daß man Kersh als Baby am Fluß hinter der Stadt gefunden hatte. Das war vor sechzehn Jahren (terranischen Jahren) gewesen. Eine Frau hatte Kersh in die Stadt gebracht.

Kersh starrte in den Spiegel. Er sah ein dürres Gesicht mit großen blauen Augen. Kershs Eierkopf saß auf einem langen dünnen Hals. Auch der übrige Körper des Jungen war hager. Er trug schmutzige Kleider und Sandalen, die nur noch von Lederriemen mühsam zusammengehalten wurden. Dilian gab Kersh niemals Geld. Kersh mußte vom Erlös verschiedener Botengänge und Handreichungen leben, die er für die Kolonisten erledigte.

Kersh konzentrierte sich auf sein Spiegelbild. Langsam veränderte er seine Augenstellung. Schließlich war er zufrieden.

Kersh ließ sich einen Höcker aus der Stirn wachsen. Das war die einfachste Aufgabe, die er sogar ohne Spiegel erfüllen konnte. Gelangweilt sah er zu, wie der Höcker anschwoll und schließlich die Augen zusammendrückte. Kersh lächelte, was ihm das Aussehen eines boshaften Zwerges verlieh. Er ließ den Höcker verschwinden und begann, seine eingefallenen Wangen auszufüllen. Sein Gesicht veränderte sich. Er wirkte voller, männlicher.

Kersh hatte diese mysteriöse Fähigkeit zum erstenmal an sich festgestellt, als er bei einem seiner zahllosen Streifzüge durch den Wald einen Daumen verloren hatte. Damals hatte er noch in schrecklicher Angst vor Dilian gelebt. Dilian hatte ihm immer wieder verboten, in die Wälder zu gehen.

Damals war der Wunsch in ihm, der Daumen möge noch in Ordnung sein, übermächtig gewesen. Bis Kersh zitternd die Stadt erreicht hatte, war von der Wunde nichts mehr zu sehen gewesen. Kersh hatte festgestellt, daß er jede Stelle seines Körpers verändern konnte, wenn er sich es intensiv genug wünschte. Früh genug hatte er erkannt, daß andere Menschen diese Fähigkeit nicht besaßen – auch Dilian nicht. Kersh hütete sein Können wie ein Geheimnis, denn er ahnte, daß ihm Schreckliches bevorstand, wenn Dilian und die anderen Kolonisten davon erfuhren. Kersh hatte herausgefunden, daß er nur am eigenen Körper Veränderungen erreichen konnte, seine Versuche mit Dilian schlugen fehl. Der Adoptivvater war oft betrunken und schlief dann einen ganzen Tag ununterbrochen. Diese Zeit hatte Kersh benutzt, um seine geheimen Kräfte an Dilian zu probieren. Doch seine Pläne waren fehlgeschlagen. Auch irgendwelche Gegenstände ließen sich nicht von Kersh beeinflussen. Es schien, als sei diese Fähigkeit auf seinen eigenen Körper beschränkt.

Kersh träumte davon, sich einen anderen Körper zu schaffen. Er sah sich in Gedanken als stattlichen jungen Mann, mit breiten Schultern und klaren Gesichtszügen. Er wußte jedoch, daß dieses Vorhaben undurchführbar war. Die Kolonie hätte einen Aufruhr erlebt, und Dilian hätte ihn aus dem Haus gejagt.

Kersh hoffte, daß er eines Tages die Kolonie verlassen konnte. Zwar hatte er keine klaren Vorstellungen davon, wie es einem hilflosen jungen Mann gelingen könnte, Quentins Planet zu verlassen, aber er gab seine Träume nicht auf.

Quentins Planet war eine terranische Kolonie, die vor einhundertunddreißig Jahren, also im Jahre 2180, gegründet worden war. Die Entwicklung der Kolonie machte nur langsame Fortschritte, da sich kurz nach Ankunft der Pioniere ein Mann namens Folley zum Diktator aufgeschwungen hatte. Erst nach Folleys Ermordung durch Peinwater Quentin hatten sich die Verhältnisse geändert, und es war aufwärts gegangen. Zu Ehren Quentins wurde der Planet umbenannt. Diese Welt glich der Erde nur wenig, es dauerte lange, bis die Kolonisten sich an die dünne Atmosphäre gewöhnt hatten. Krankheiten rafften viele Pionierfamilien dahin. Nur allmählich paßten sich die Terraner der neuen Situation an.

Kersh schrak zusammen, als ein Poltern im unteren Stockwerk hörbar wurde. Schnell stellte er seine gewohnten Gesichtszüge wieder her und schloß die Tür auf. Er hörte Dilian in der Küche rumoren. Kersh stand überlegend an der Tür. Wenn er hinunterging, würde ihn Dilian beschimpfen, aber wenn er es nicht tat, würde Dilian heraufkommen und ihm hier oben eine Szene machen.

Kersh zuckte mit den schmalen Schultern und stieg lautlos die Treppe hinab. Er hatte den Gang einer schleichenden Katze, er bewegte sich mit hängenden Schultern und eingeknickten Knien.

Als er in die Küche trat, hockte Dilian am Tisch. Er hatte seine Beine weit ausgestreckt. Vom Schaum der Bewässerungsanlagen hatte sich eine helle Schmutzschicht auf den Spezialstiefeln Dilians gebildet. Kershs Adoptivvater hatte eine Dose geöffnet und stocherte mürrisch darin herum. Ein Becher mit Bier stand auf dem Tisch.

Dilian hatte seine Arbeitsjacke nicht abgelegt, aber sie war geöffnet und hing an beiden Seiten neben dem Stuhl herunter.

Kersh sah das Essen und verspürte Hunger.

Dilian blickte auf. Seine Haare waren von der Nährmittelsäure gebleicht, was seine schwarzen Augen noch düsterer wirken ließ.

Er deutete mit dem Messer auf den zweiten Stuhl.

»Setz dich«, knurrte er.

Kersh kam der Aufforderung nach. Dilian aß schmatzend und wischte immer wieder mit dem Handrücken über den Mund. Er schob Kersh den Becher entgegen.

»Trink!« forderte er.

Kersh fühlte sich unbehaglich. Dilian war nicht gerade grob, aber er schien irgend etwas im Schilde zu führen. Eine Weile hörte er nur Dilians Schmatzen, dann sagte der Kolonist: »In wenigen Augenblicken wird ein Raumschiff des Imperiums landen.«

Augenblicklich begann Kershs Herz höher zu schlagen. Ein Raumschiff! Die einzige Möglichkeit, um Quentins Planet zu verlassen. Er fragte sich, warum Dilian das ausgerechnet ihm erzählte. Sofort wurde sein Mißtrauen wach.

»Es heißt, daß Perry Rhodan an Bord ist«, berichtete Dilian. »In der Stadt haben sie vor einer Stunde einen Funkruf aufgefangen, daß der Leichte Kreuzer ALAMO Quentins Planet anfliegt.« Dilian trank den Becher leer und blickte Kersh merkwürdig an.

»Es ist mir egal, was Rhodan hier bei uns will«, erklärte er verächtlich. »Aber ich schätze, daß ein geschickter Mann unter diesen Umständen viel Geld verdienen kann.«

Der Ausdruck in Dilians Augen veränderte sich. Er wurde lauernd und böse. Kersh wünschte, er hätte das Haus ohne Aufsehen verlassen können. Doch jetzt mußte er abwarten, was Dilian vorhatte.

»Wir werden zum Raumhafen gehen«, verkündete Dilian. Er erhob sich. Er war ein riesenhafter, wild aussehender Mann, den der Tod seiner Frau vollkommen verbittert hatte.

Kersh schluckte nervös. Was bedeutete es, daß Dilian mit ihm zum Landeplatz gehen wollte? Bisher hatte er es vorgezogen, auf seine Begleitung zu verzichten. Dilian hatte einen Plan gefaßt, dessen war sich Kersh sicher. Und er, Kersh, hatte irgend etwas mit diesem Plan zu tun. Das beunruhigte ihn. Dilian hatte irgendeine verrückte Idee, die er in die Tat umsetzen wollte.

»Ich hole meine Jacke«, sagte Kersh leise. Er war froh, daß er einen Vorwand gefunden hatte, die Küche zu verlassen. Langsam ging er zu seinem Zimmer hinauf. Als er die Jacke unter dem Bett hervorzog, stand plötzlich Dilian in der Tür.

Kersh begann zu befürchten, daß Dilian bösartig wurde.

Doch der Kolonist sagte ruhig: »Ich hoffe, daß du deine Kunststücke auch ohne Spiegel vorführen kannst.«

Kersh glaubte, er hätte einen Schlag gegen den Kopf erhalten. Er stand dieser Eröffnung vollkommen fassungslos gegenüber. Seine Welt stürzte ein.

Dilian wußte alles!

Das war so schrecklich, daß die Folgen kaum auszudenken waren. Kersh ließ die Jacke fallen und begann zu zittern. Am liebsten hätte er sich aufs Bett geworfen und geheult.

»Zuerst dachte ich, daß ich übergeschnappt sei«, knurrte Dilian. »Aber als ich dich längere Zeit beobachtete, stellte ich fest, daß sich meine Augen nicht getäuscht hatten. Mein Adoptivsohn ist ein Monstrum.«

»Nein«, stammelte Kersh. Er stellte sich vor, wie Dilian sein Wissen in der Kolonie verbreiten würde, wie die Leute darauf reagieren würden.

»Ich hätte es wissen müssen«, murmelte Dilian haßerfüllt. »Aber Ernie« – das war seine verstorbene Frau – »wollte mit Gewalt das Baby behalten.« Er starrte Kersh an. »Du warst schon damals ein Monstrum, ein bösartiges kleines Wesen, das man besser ersäuft hätte.«

Kersh wich zurück.

Dilian kam auf ihn zu und hob die Jacke auf. Er schlug sie Kersh ins Gesicht.

»Jetzt werde ich dich endlich los«, sagte er. »Außerdem werde ich noch Geld dafür bekommen.«

Wortlos zog Kersh die Jacke an. Breitbeinig stand Dilian im Zimmer. Der scharfe Geruch der Nährmittelfabrik haftete an ihm und verfolgte ihn überallhin. Kersh war alles gleichgültig.

Allein die Aussicht, endlich von Dilian fort zu können, ließ ihn sein Widerstreben aufgeben.

Dilian packte ihn am Arm und zog ihn mit sich die Treppe hinunter.

»Perry Rhodan hat eine ganze Bande solcher Burschen wie dich um sich herum«, sagte er rauh. »Er wird für dich bezahlen, denn du bist einmalig.«

Er stieß ihn vor sich her, bis zur Tür, die er einfach mit den Stiefeln auftrat. Die Straße lag im Halbdunkel. In der Innenstadt brannten bereits die Lichter. Die Nächte auf Quentins Planet waren kalt, die Temperaturen sanken unter den Nullpunkt.

Kersh erschauerte vor der Kälte. Schräg gegenüber standen

zwei Frauen. Kersh fühlte, daß sie ihnen nachstarrten. Bisher hatte man Dilian und seinen Adoptivsohn außerhalb des Hauses noch nicht zusammen gesehen. Der Himmel war von einem hellen Grau, die ersten Sterne waren bereits zu erkennen. Für Kersh waren es unüberwindliche Entfernungen zwischen den einzelnen Sonnen.

»Wenn du dich sträubst, Rhodan etwas von deinen Künsten zu zeigen, schlage ich dich tot«, gab Dilian zu verstehen.

Kersh ahnte, daß ihn diese massive Drohung einschüchtern sollte, aber er bezweifelte nicht, daß Dilian seine Worte wahrmachen würde, wenn er in Zorn geriet. Für Kersh war es entwürdigend, wie käufliche Ware zu Rhodan geschleppt zu werden. Es hatte jedoch wenig Sinn, darüber mit Dilian zu sprechen. Er würde ihm nie glauben, daß er freiwillig die ihm zugedachte Rolle spielen würde.

Der kleine Raumhafen von Quentins Planet lag außerhalb der Stadt. Von Dilians Haus war es nur ein kurzer Weg. Bereits am Ende der Straße erkannte Kersh, daß der Landeplatz erleuchtet war. Eine riesige Menschenmenge hatte sich versammelt.

Als sie die Hälfte des Weges zurückgelegt hatten, erschien das Raumschiff am Himmel. Es war nur ein dunkler, runder Fleck, aber allein das ließ Kershs Herz höher schlagen. Dilian geriet für ihn völlig in Vergessenheit. Sein Gesicht glühte.

»Wir kommen rechtzeitig«, sagte Dilian zufrieden.

Das Raumschiff landete vollkommen lautlos. Kersh hatte immer geglaubt, daß das Dröhnen von Triebwerken sein Gehör betäuben würde, aber die Wirklichkeit sah anders aus.

Die Polizei hatte das Landefeld abgesperrt. Lediglich Bürgermeister Fenton und einige Mitglieder des Kolonierates hielten sich in der Nähe des Schiffes auf. Die Scheinwerfer badeten die Umgebung des Schiffes in Tageshelle.

Mit den Ellenbogen bahnte sich Dilian eine Gasse durch die Menge, bis er mit Kersh die Absperrungen erreicht hatte. Er kümmerte sich nicht um die Verwünschungen, die ihnen nachgerufen wurden.

Der Landesteg des Schiffes wurde ausgefahren. Das Stimmengemurmel der Zuschauer erstarb.

»Drängeln Sie nicht!« sagte ein Polizist, der unmittelbar vor Dilian stand. Dilian fluchte leise und drückte Kersh einige Meter weiter.

Die Schleuse des Raumschiffes glitt auf. Kersh zitterte vor Kälte und Aufregung. Die meisten der Zuschauer trugen Pelzmützen, die Polizisten trugen ihre dicken Nachtuniformen. Die dünne, kalte Luft stach in Kershs Lungen.

In der Schleuse erschienen zwei Männer. Der eine war groß und schlank. Kersh erkannte in ihm sofort Perry Rhodan, den er auf vielen Bildern bereits gesehen hatte. Der andere war ein alter Mann, der keine Uniform trug, aber mehrere Pakete unter den Armen hielt.

Fenton schritt langsam auf den Landesteg zu, um die prominenten Besucher zu begrüßen. Für Kersh war Rhodans Auftreten enttäuschend. Er hatte gehofft, daß der Großadministrator winken oder lächeln würde, doch Rhodans Gesicht veränderte sich nicht, als er auf die Menschenansammlung blickte. Auch der alte Mann machte keinen freundlichen Eindruck.

Rhodan und der Alte kamen den Landesteg herunter. In der Schleuse erschienen weitere Männer der Besatzung. Sie trugen alle Pakete. Kersh vermutete, daß es sich um Geschenke handelte.

Ein kleiner Wagen rollte vor den Landesteg. Ein Mikrophon wurde aufgestellt, um das sich Fenton mit seinen Begleitern gruppierte.

Als Rhodan unten angekommen war, sagte Bürgermeister Fenton: »Willkommen auf Quentins Planet, Großadministrator!«

Das Schiff war so weit entfernt, daß Kersh die Geschehnisse nur undeutlich beobachten konnte. Aber er konnte Fentons Stimme entnehmen, daß irgend etwas nicht in Ordnung war. Der Bürgermeister hatte unsicher gesprochen, als sähe er etwas, was den weiter entfernten Zuschauern entgehen mußte.

Kersh sah, daß Rhodan Fenton die Hand schüttelte und dann vor das Mikrophon trat. Diesen Augenblick nutzte Dilian, um mit Kersh an den Polizisten vorbei auf das Landefeld zu stürmen. Kersh fühlte sich nach vorn gerissen, dann setzte er seine Beine in Bewegung, denn den Bärenkräften Dilians konnte er nicht widerstehen.

Die Zuschauer lachten. Zwei Polizisten nahmen die Verfolgung auf.

»Dieser kurze Besuch soll die Freundschaft zwischen der Erde und Quentins Planet vertiefen«, hörte Kersh Rhodan sagen. Es kam ihm vor wie eine nichtssagende Phrase. Aus der Stimme des Großadministrators klang keine innere Anteilnahme.

Kersh sah, daß der Alte, der mit Rhodan den Landesteg herabgekommen war, eines der Pakete öffnete und eine Puppe herausholte.

»Los!« schnaubte Dilian.

Die Polizisten wußten nicht, wie sie sich jetzt verhalten sollten. Sie schwankten zwischen dem Wunsch, Dilian weiter zu verfolgen, und zwischen ihrer Zurückhaltung gegenüber dem prominenten Gast. Dieses Zögern verhalf Dilian zu einem ausreichenden Vorsprung.

Kersh beobachtete, daß Fenton die Puppe mit einer Verbeugung entgegennahm und unter seiner Jacke befestigte. Dann trat er zur Seite, damit Rhodans Begleiter an die Mitglieder des Kolonierates ebenfalls Puppen verteilen konnte. Kersh fragte sich nach der Bedeutung dieses Vorganges. Er war ihm unklar, warum sich erwachsene Männer mit Puppen beschenkten. Sicher wußte Fenton selbst nicht, wie er sich dazu verhalten sollte, aber die Höflichkeit verbot ihm, die Geschenke der Gäste abzulehnen.

Da sah Kersh etwas, was ihn stutzig werden ließ. Einer der Mitglieder des Kolonierates schüttelte den Kopf. Aus irgendeinem Grund hatte der Mann Angst. Kersh, der ein feines Gefühl für das Verhalten von Menschen entwickelt hatte, sah es deutlich an den Bewegungen des Kolonisten. Der Mann wollte die Puppe nicht nehmen.

Da trat Fenton von hinten heran und schlug ihm freundschaftlich auf die Schulter. Der Mann fuhr herum. Im gleichen Augenblick drückte ihm der Alte die Puppe auf die Brust. Obwohl das alles völlig harmlos aussah, stieg Furcht in Kersh hoch. Es schien ihm, als sei der Mann zum Annehmen der Puppe durch einen einfachen Trick gezwungen worden. Und noch etwas ließ Kershs Herz höher schlagen: Die Puppe blieb einfach an den Kleidern des Mannes haften, als sei sie mit einem Klebstoff überzogen.

Die Polizisten hatten erkannt, daß sie Dilian nicht mehr einholen konnten. Sie zogen sich zurück.

Fenton bemerkte den herankommenden Dilian zuerst. Merkwürdigerweise zeigte sich in seinem runden Gesicht keine Überraschung. Ein Schauder überlief Kersh, als sich die anderen Männer langsam in ihre Richtung umdrehten.

Dilian schien plötzlich allen Mut verloren zu haben. Er blieb stehen. Die Hand, mit der er Kersh hielt, zuckte vor Nervosität.

Kershs Blicke hingen wie gebannt an Bürgermeister Fenton.

Er schaut mich an wie ein Fisch, dachte der Junge.

Kersh ging oft zum Fluß hinter der Stadt fischen. Schon immer hatte er eine Abneigung gegen die starren Augen der Fische gehabt.

Fenton drehte sich um und ließ sich von Rhodans Begleiter zwei Puppen geben.

»Kommen Sie, Dilian«, sagte er gleichmütig.

Die mächtige Rundung des Schiffes, die vor Kersh in den Himmel ragte, schien plötzlich einen drohenden Schatten zu werfen. Alles in Kersh drängte danach, sich aus Dilians eisernem Griff loszureißen und die Flucht zu ergreifen. Er wußte, daß die halbe Kolonie zusah, aber dieser Gedanke verlieh ihm eher Sicherheit, als daß er ihn beunruhigte.

In Dilian schienen im Augenblick zwei Gefühle im Widerstreit zu liegen. Einmal war es seine Gier nach Geld, die ihn antrieb, diese Chance zu nutzen, aber gleichzeitig drohten ihn Scheu und Furcht zu übermannen.

Doch dann siegte Dilians Sucht nach Reichtum.

Kersh mit sich ziehend, ging er auf das Mikrophon zu. Keiner der Männer lächelte. Sie standen nur da und blickten die Ankommenden an, wie gerade zum Leben Erweckte, die sich in der neuen Umgebung noch nicht zurechtgefunden haben.

»Ich ... ich wollte mit Mr. Rhodan sprechen«, brachte Dilian hervor.

Fenton nickte und hielt ihm eine Puppe entgegen. Dilian nahm sie, und augenblicklich veränderte sich sein Verhalten. Er ließ den überraschten Kersh los und trat zu den anderen Männern. Obwohl dieser Vorgang Erleichterung für Kersh hätte bedeuten müssen, fühlte der Junge, daß Entsetzen in ihm aufstieg. Er war sicher, daß mit Dilian eine grundlegende Veränderung vorgegangen war. Mit dem sicheren Instinkt eines selbständig aufgewachsenen Jungen ahnte Kersh, daß alles mit diesen Puppen zusammenhing.

»Hier, Junge«, sagte Fenton.

Kershs Augen rundeten sich. Plötzlich gab es nur noch ihn und Fenton auf dieser Welt. Und die Puppe, die ihm der Bürgermeister entgegenhielt.

Ich muß sie nehmen, dachte Kersh.

Er streckte die Hand aus. Fentons Gesicht blieb völlig ausdruckslos, als er Kersh die Puppe überreichte. Kersh fühlte den rauhen Stoff, mit dem das Spielzeug umhüllt war. Er wollte schon aufatmen, als etwas über die Innenfläche seiner Hände tastete.

Etwas kroch aus der Puppe heraus!

Gelähmt vor Entsetzen stand Kersh da. Schweiß brach aus allen Poren seines Körpers. Fenton wandte sich von ihm ab, als sei nun alles erledigt. Kersh drehte die Puppe in den Händen herum. Aus ihren Augen quollen zwei weißliche Würmer und krochen über seine Hände.

Kersh stöhnte hilflos, dann steckte er die Puppe in die Tasche seiner Jacke. Bewegungslos blieb sie dort liegen.

In den Puppen war etwas Lebendiges!

Kersh versuchte benommen, seine aufgewühlten Gedanken zu beruhigen. Er fühlte sich so hilflos wie noch nie in seinem Leben. Vor ihm das Raumschiff und die mächtigen Männer, mit denen irgend etwas nicht in Ordnung war. In seiner Tasche die grauenhafte Puppe und hinter ihm die schaulustigen Kolonisten, die von alledem nichts ahnten.

Inzwischen waren die anderen Besatzungsmitglieder mit den Paketen unten angekommen. Fenton trat zum Mikrophon.

»Die Raumfahrer haben für jeden von uns ein Andenken an diesen Tag mitgebracht«, sagte der Bürgermeister. »Jeder kann zum Mikrophon kommen und eine dieser Puppen erhalten.«

Nein! schrie alles in Kersh. Nein, o nein!

Das durften sie nicht. Sie durften diese Puppen nicht nehmen. Aber schlagartig wurde ihm bewußt, daß er nur ein heruntergekommener Junge war – *Dilians Junge* –, der in der Stadt keinen guten Ruf hatte. Sie würden nicht auf ihn hören, wenn er etwas sagte.

Die Polizisten lösten die Sperren auf, und die Kolonisten strömten über den Platz.

»Es sind genügend Puppen vorhanden«, sagte Fenton mit tonloser Stimme. »Jeder kann soviel erhalten, daß er seinen Familienmitgliedern, die nicht hier sind, Puppen mitbringen kann.«

Kersh erkannte, daß in kurzer Zeit jeder der Kolonisten eine dieser Puppen tragen würde.

Die ersten Menschen kamen an Kersh vorbei. Sie gingen schnell, ihre Gesichter leuchteten vor Erregung. Die Freude, aus den Händen Rhodans ein Geschenk in Empfang zu nehmen, stand darin geschrieben. Diese Freude würde jede Vernunft, jedes Mißtrauen zum Erliegen bringen.

Kersh wurde gestoßen und taumelte zur Seite. Langsam arbeitete er sich aus dem Knäuel menschlicher Körper heraus. Leer und verlassen lagen die Absperrungen um den Landeplatz. Selbst die Polizisten drängten um das Mikrophon. Einzelne Nachzügler rannten über den Platz. Einer hielt Kersh an.

»Was ist passiert?« fragte er.

Kershs Augen funkelten. »Es gibt Geschenke«, sagte er.

Der Mann knurrte und rannte weiter. Kersh lehnte sich gegen eine der Scheinwerfersäulen. Es wurde jetzt rasch kälter.

Da fiel Kersh ein, daß er in dieser Nacht nicht in Dilians Haus zurückkehren konnte.

Dilian war einer von jenen, die der Einwirkung der Puppen unterlegen waren, obwohl Kersh noch nicht genau wußte, *was* diese Puppen überhaupt bewirkten. Eines war jedoch sicher: *Er* hatte sich nicht geändert. Die Puppe hatte keine Macht über ihn.

Kershs Herz hämmerte. Die Angst legte sich wie ein Würgegriff um ihn. Was sollte er tun, wenn die ganze Kolonie mit Puppen versorgt war? Was geschah, wenn dieser Augenblick erreicht war?

Offensichtlich war sogar Perry Rhodan dem Einfluß der Puppe, die er trug, hoffnungslos verfallen.

Kersh sah, daß die ersten Kolonisten bereits wieder zurückkamen. Ihre Bewegungen verrieten dem Jungen alles: die Puppenverteilung war in vollem Gange.

Hastig zog sich Kersh aus dem Scheinwerferlicht zurück. Er kam an einem der Polizeifahrzeuge vorüber. Die Wagentür stand offen, aber kein Polizist war zu sehen. Kersh blickte hinein. Er sah eine Pelzmütze auf dem Fahrersitz liegen. Mit einem schnellen Blick vergewisserte er sich, daß niemand in der Nähe war, dann zog er die Mütze heraus. Als er sie über den Kopf stülpte, stellte er fest, daß sie ihm zu groß war. Er schob sie schräg in den Nacken, so daß sie einigermaßen fest saß. Trotz dieses zusätzlichen Kleidungsstückes konnte er die Nacht nicht im Freien verbringen. Entweder würde er sterben oder schwer krank werden.

Da fiel ihm Folleys Haus ein. Das Gebäude war halb zerfallen, da sich seit der Ermordung des Diktators niemand darum gekümmert hatte, aber es bot noch genügend Schutz vor der Kälte, wenn sich Kersh ein Feuer im Innern machte.

Einen Augenblick dachte Kersh daran, in die Stadt zu

gehen und alle Kolonisten zu warnen, die noch nicht im Besitz einer Puppe waren. Aber er fühlte, daß er nur verächtliches Lachen oder Prügel ernten würde. Es war unmöglich, die Puppe in seiner Tasche als Beweisstück anzuführen, denn wer sie berührte, würde augenblicklich umschwenken und die Harmlosigkeit dieser Puppe beschwören.

Folleys Haus war im Augenblick seine einzige Chance. Dort konnte er überlegen, was er tun mußte, um den Puppenträgern auf die Dauer zu entkommen.

Entschlossen begann Kersh in die Dunkelheit zu wandern. Er vermied die hellen Straßen und hielt sich am Rande der Stadt. Bald hatte er den Landeplatz weit genug hinter sich gelassen. Der Raumhafen bildete nur noch einen hellen Fleck am Horizont.

Kersh fragte sich besorgt, ob Dilian sich um seine Abwesenheit kümmern würde. Es war unklar, wie sich ein Puppenträger verhielt. Unter normalen Umständen hatte sich Dilian nicht darum gekümmert.

Kersh stolperte über ausgedehnte Felder mit Quang-Früchten, die das Hauptnahrungsmittel der Kolonisten bildeten. Aber ohne Zusatz der Produkte aus der Nährmittelfabrik waren sie wenig schmackhaft, so daß Kersh sein Hungergefühl unterdrückte.

Sein Gesicht war vor Kälte fast gefühllos. Ab und zu blieb er stehen und hauchte den warmen Atem in seine hohlen Hände. Mit Stampfen und raschem Gehen hielt er seine Füße warm. Die Kolonie war merkwürdig ruhig. Eine Aura mysteriöser Feindschaft umgab sie, die bis nach Kersh zu greifen schien.

Kersh erreichte den Hof von Stellers Fahrzeugfabrik. Steller hatte stillschweigend einen Teil von Folleys Anwesen für seine Fabrik in Beschlag gelegt. Nur das Haus des ermordeten Diktators tastete Steller nicht an. Aus der großen Fabrikhalle drangen die Geräusche der vollautomatischen Maschinen heraus. Roboter benötigten keine Nachtruhe.

Kersh huschte über den dunklen Hof. Überall standen Fahrzeuge herum. Stellers Wohnhaus war beleuchtet, aber ruhig. Wenn Steller nicht in der Nähe des Raumhafens war, dann schlief er fest.

Im Hintergrund sah Kersh die dunklen Umrisse von Folleys Haus. Er ging zwischen den Fahrzeugen hindurch.

Der Junge kletterte über die kleine Mauer, die Folleys Haus umgab. Seine Füße berührten den gegossenen Plastikboden. Lautlos glitt Kersh zum Eingang. Er wußte, daß ein Stützbalken schräg über der Tür eingebrochen war. Er schlüpfte darunter hindurch und packte den Türgriff. Zu seiner Erleichterung war der Eingang unverschlossen.

Kersh lauschte. Niemand schien in der Nähe zu sein.

Die Tür quietschte, als sie Kersh nach innen drückte. Kersh fuhr zusammen, doch er beruhigte sich schnell wieder. Niemand konnte ihn hören, noch nicht einmal Steller, selbst wenn dieser zu Hause war.

Kersh schlüpfte ins Innere des Hauses und schloß die Tür hinter sich. Das Licht, das durch das doppelte Fenster hereindrang, genügte nicht, um den Raum auch nur schwach zu erhellen. Kersh erblickte die dunklen Umrisse unbekannter Gegenstände. Seine Erfahrung sagte ihm, daß die Feuerstelle im mittleren Raum lag.

Er ging durch das Zimmer bis zur anschließenden Tür. Er blieb an einem Stuhl hängen und warf ihn um. Das Geräusch schien die Stärke einer Explosion zu haben. Kershs Pulsschlag flatterte. Wahnsinnige Angst brach über ihn herein. Aus der Dunkelheit schienen Ungeheuer mit glühenden Fratzen nach ihm zu springen. Jeden Augenblick wartete er darauf, von einer feuchten Hand gepackt und in eine Ecke gezerrt zu werden. Doch nichts geschah. Unangefochten erreichte er die Tür zum mittleren Zimmer.

Er stieß sie auf. Eine Welle warmer Luft strömte an ihm vorbei. Er taumelte zurück. Wenn das mittlere Zimmer beheizt war, dann konnte das nur bedeuten, daß sich jemand in Folleys Haus aufhielt.

»Mach die Tür zu, zum Teufel!« fluchte jemand in der Dunkelheit. »Oder willst du, daß ich erfriere?«

Willenlos ging Kersh ins Zimmer und zog die Tür hinter

sich zu. Eine Sekunde später wurde der Raum von Licht überflutet. Kersh schloß geblendet die Augen. Jemand lachte dröhnend.

Als Kersh sich an die Helligkeit gewöhnt hatte, sah er einen riesigen Mann vor der Feuerstelle auf dem Boden hocken. Der Mann grinste, und allein das ließ Kersh aufatmen. Er hatte diesen Mann noch nie in der Kolonie gesehen. Nirgends war eine Puppe an ihm zu entdecken.

»Wer ... sind Sie?« brachte Kersh hervor.

Der Riese kicherte. Ein verfilzter Bart bedeckte die untere Hälfte seines Gesichtes. Er trug einen dicken, mit Pelz gefütterten Mantel und Stiefel, die bis zu den Oberschenkeln reichten.

»Borghese«, sagte der Mann. »Brent Borghese.«

Das also war Borghese, der legendäre Einsiedler. Kersh kannte verschiedene Geschichten, die in der Kolonie über diesen vollkommen zurückgezogen lebenden Mann kursierten. Borghese besaß eine Hütte mitten im Wald, in deren unmittelbarer Nähe er ein Feld mit Quang-Früchten angelegt hatte.

»Warum sind Sie hier?« erkundigte sich Kersh.

»Niemand kehrt gern während der Nacht zu seinem Haus zurück«, erklärte Borghese. »Wenn ich in der Stadt etwas zu erledigen habe, übernachte ich in Folleys Haus und breche erst am nächsten Morgen auf.« Er wies auf das Feuer. »Hier ist es gemütlich, Junge.«

Kersh fühlte sich zu diesem eigenartigen Mann hingezogen. Aber sein Mißtrauen ließ ihn mitten im Zimmer stehenbleiben.

Borghese streckte ihm eine Schüssel mit Quangsalat entgegen.

»Iß«, sagte er.

Es schien den Einsiedler nicht zu kümmern, warum Kersh mitten in der Nacht in Folleys Haus eindrang.

Gierig schielte Kersh nach dem Topf.

»Haben Sie eine ... eine Puppe?« fragte er zaghaft.

Borghese starrte ihn sprachlos an. »Eine Puppe? Ich weiß

nicht, was du meinst, Junge, aber wenn du mich zum Narren halten willst, verschwinde besser.«

Blitzschnell zog Kersh seine Puppe aus der Jackentasche. Die Augenhöhlen waren leer.

»So eine Puppe?« erkundigte er sich.

»Was soll das?« brauste Borghese auf.

Kersh war überzeugt davon, daß der Kolonist nichts von der Landung des Raumschiffes wußte.

»Wir sind in Gefahr«, sagte Kersh schnell. »Wir müssen irgend etwas unternehmen.«

Borghese warf drei Heizsteine ins Feuer und stocherte mit einem Metallstab darin herum. Abwesend starrte er in die Flammen. Kersh fühlte, wie die Wärme sich über seinen Körper ausdehnte und ihn müde machte. Er ließ sich neben Borghese nieder und begann zu essen. Die Puppe legte er neben sich, so daß der Einsiedler sie nicht erreichen konnte.

»Von welcher Gefahr sprichst du?« fragte Borghese schließlich.

Kersh gab ihm die Schüssel zurück und berichtete ihm von den Geschehnissen im Raumhafen. Borghese unterbrach ihn nicht, aber sein Gesicht zeigte deutlich, daß er Kersh nichts glaubte.

»Du bist verängstigt, Junge«, grollte er, als Kersh seine Geschichte beendet hatte. »Gib mir die Puppe, damit ich dir zeigen kann, daß alles in Ordnung ist.«

Kersh warf sich über die Puppe und zog sich schnell vom Feuer zurück.

»Geben Sie mir ein Messer«, sagte er zu Borghese.

Borghese zuckte mit den Schultern und schob ein Messer über den Boden. Kersh bückte sich und zerschnitt die Kleider der Puppe. Ein einfacher Metallbehälter mit den beiden Augenlöchern wurde sichtbar. Kersh nahm den Metallstab, den Borghese als Feuerhaken benutzte, und schob ihn in eine Augenhöhle. So befestigte er den Puppenkörper an dem Stab. Mit zusammengebissenen Zähnen führte er das Metallgehäuse über die Feuerstelle. Borghese sah ihm schweigend zu.

»Sehen Sie!« schrie Kersh auf.

Aus dem freien Augenloch quoll eine weißliche Masse, wand sich wie unter Schmerzen und tropfte dann ins Feuer hinab. Kershs Hände zitterten, aber er hielt den Puppenkörper über das Feuer, bis er ausgelaufen war. Zischend verdampfte die weiße Masse in den Flammen.

»Haben Sie es gesehen?« fragte Kersh.

Borghese stand auf.

»Soweit scheint deine Erzählung zu stimmen«, gab er zu. »Aber die ganze Angelegenheit kommt mir äußerst fantastisch vor. Ich kann nicht glauben, daß ausgerechnet Perry Rhodan sich auf Quentins Planet aufhält und von einer Puppe beherrscht wird.« Er starrte Kersh an. »Warum wurdest du nicht von der Puppe verändert?«

Auf diese Frage wußte Kersh keine Antwort. Fast hätte er Borghese gegenüber zugegeben, daß er sich getäuscht hätte, doch die Erinnerung an die Geschehnisse im Flughafen war noch zu frisch.

»Hm«, machte Borghese nach einer Weile.

»Auf jeden Fall werde ich deine Geschichte nachprüfen«, sagte er.

»Sie müssen vorsichtig sein«, sprudelte Kersh hervor. »Sie dürfen sich keine dieser Puppen geben lassen. Die meisten Kolonisten werden inzwischen eine davon haben.«

»Sei unbesorgt«, sagte Borghese. »Die geringe Wahrscheinlichkeit, daß deine Erzählung stimmt, genügt vollkommen, um mich nicht überstürzt handeln zu lassen. Sobald es hell geworden ist, gehen wir zusammen in die Stadt und sehen uns um.«

Kersh starrte ihn betroffen an.

»Aber das dürfen Sie nicht«, widersprach er. »Man würde uns anhalten.«

Borghese zupfte an seinem Bart. Ruhig holte er einen Topf von der Feuerstelle herunter und goß dunklen Kaffee in zwei Becher. Einen davon reichte er Kersh. Kersh umschloß das warme Gefäß mit beiden Händen.

»Wir werden uns Puppen machen«, verkündete Borghese

gelassen. »Ich fertige für jeden von uns eine an, die jener, die du mitgebracht hast, ähnlich sehen wird.«

»Das könnte gehen«, stimmte Kersh zögernd zu. »Aber wir dürfen uns nicht von Dilian sehen lassen.«

»Dilian?«

»Mein Adoptivvater«, erklärte Kersh.

»Adoptivvater?« Borghese runzelte die Stirn. »Was ist mit deinen Eltern?«

Kersh fühlte, daß ihn diese Fragen verlegen machten. Gleichzeitig wuchs sein Vertrauen zu Borghese mit jeder Minute, die er zusammen mit ihm in diesem Zimmer war. Die ruhige Art des Einsiedlers stand im krassen Gegensatz zu Dilians Verhalten gegenüber Kersh.

»Ich kannte meine Eltern nie«, sagte Kersh leise. »Man fand mich als Baby am Fluß. Dilian und seine Frau adoptierten mich. Dann starb Dilians Frau und ... und ...«, Kershs Stimme versagte.

Borghese spuckte ins Feuer und schwieg. Kersh war ihm dankbar dafür. Nachdem fast eine Stunde verstrichen war, holte Borghese zwei Heizsteine und begann mit dem Messer an ihnen herumzusäbeln. Kersh lag auf dem Boden und sah ihm zu. Dann übermannte ihn die Müdigkeit, und er schlief ein.

Als Borghese ihn weckte, drang Tageslicht durch das doppelte Fenster, das vor Schmutz völlig blind war. Das Feuer war erloschen, aber Borghese hatte einen Becher mit dampfendem Kaffee bereit.

Kersh rieb sich die Augen und gähnte.

Da sah er die beiden Puppen neben der Feuerstelle liegen.

Mit einem Aufschrei sprang er auf und rannte zur Tür. Mit zwei Schritten hatte ihn Borghese eingeholt. Als Kersh nicht aufhörte zu schreien, schlug ihm Borghese ins Gesicht.

Kersh klammerte sich an ihm fest und schluchzte.

»Sie sind nicht echt«, sagte der Kolonist. »Ich habe sie gemacht, während du geschlafen hast.«

»Entschuldigung«, murmelte Kersh niedergeschlagen. »Es tut mir leid.«

Unter Borgheses Anleitung befestigte er eine der Puppen an seiner Jacke. Dann versah sich der Einsiedler mit der anderen. Borghese blickte prüfend an sich herunter.

»So«, sagte er befriedigt, »das dürfte genügen.«

Kershs Gesicht war weiß. »Ich habe Angst«, gestand er.

»Das merkt man«, stimmte Borghese trocken zu. »Du kannst hier auf mich warten, wenn du nicht mit mir gehen willst.«

Kersh schüttelte stumm den Kopf. Borghese bedeutete Sicherheit. Außerdem fühlte er sich verpflichtet, den großen Mann zu begleiten. Borghese schien das Ausmaß der Gefahr noch nicht zu begreifen.

Borghese schob einen gewaltigen Säbel in seinen Gürtel und klopfte Kersh auf die Schulter. Brent Borghese mochte ein Sonderling sein, aber Kersh empfand Sympathie für ihn.

Sie tranken zusammen Kaffee. Borgheses Gelassenheit wirkte beruhigend auf Kersh. Der Kolonist schien in Gedanken versunken zu sein. Nach einer Weile streckte er Kersh eine Hand entgegen.

»Du darfst jetzt nicht erschrecken«, sagte er. »Ich werde dir etwas zeigen.«

Kersh blickte ihn verwirrt an. Er hatte die Bedeutung erkannt, die Borghese in seine Worte gelegt hatte.

»Schau auf die Hand!« sagte Borghese scharf.

Und dann ließ er sich einen sechsten Finger wachsen.

4.

Als Clyde Purcell hereinkam, atmete er schwer. Er sank auf die Bank neben dem Fenster. Rhodan, der zusammen mit Anglesy, Wilken und Kalmat hinter dem Schreibtisch stand, blickte ihn ausdruckslos an.

»Du darfst diesen Körper nicht zu sehr strapazieren«, sagte er. »Er ist alt.«

»Ich weiß«, erwiderte Purcell, »aber die letzten Puppen mußten verteilt werden.«

»Haben sie gereicht? fragte Anglesy.

»Nein«, gab Purcell zurück. »Wir mußten über zwanzig Kolonisten töten.«

»Quentins Planet ist fest in unserer Hand«, stellte Wilken fest. »Wir können uns um den Nachschub kümmern, sobald wir hier alles organisiert haben.«

»Tammat ist zu nahe am Mutterplaneten«, sagte Purcell. »Diese Welt ist sicherer für uns. Wenn sie entdeckt und vernichtet wird, gibt es keine Hinweise auf den Mutterplaneten.«

»Richtig«, bestätigte Rhodan. »Hier können wir in aller Ruhe eine Organisation aufbauen. Die nächste Puppenfracht muß auf Terra abgesetzt werden. Alle wichtigen Persönlichkeiten werden eine Puppe erhalten.«

Sein Gesicht blieb starr. Noch nicht einmal seine Augen bewegten sich.

»Dieser Körper ist der wichtigste der Menschheit«, fuhr er fort. »Wir haben ihn zu einem Träger der Macht gemacht. Durch ihn können wir alle Welten erobern.«

»Trotzdem müssen wir vorsichtig sein«, erinnerte Wilken. »Unsere Zahl ist noch zu gering. Wir haben erst zwei Welten erobert.«

»Dabei hatten wir jedoch keine Verluste«, sagte Anglesy. »Alles verlief völlig reibungslos.«

»So wird es auch bleiben«, versicherte Purcell. Er tastete mit der Hand über die Herzgegend. »Dieser Körper ist alt und verbraucht. Es wird Zeit, daß ich einen anderen bekomme.«

5.

Kersh taumelte zurück, als hätte ihn ein harter Schlag getroffen. Seine Gedanken wirbelten kaleidoskopisch durcheinander. Entsetzt sah er zu, wie Borghese den sechsten Finger wieder einschrumpfen ließ. Borghese war noch perfekter als Kersh. Nicht die geringste Spur blieb an seiner Hand zurück.

Borghese lächelte traurig. »Du brauchst keine Angst zu haben«, sagte er. »Ich dachte einen Moment, daß du ...«, er schüttelte den Kopf und unterbrach sich.

»Ich kann es auch!« schrie Kersh. »Ich kann das auch tun!«

Plötzlich war er voll wilder Freude, er spürte, wie dieses übermächtige Gefühl in ihm hochdrängte, wie es ihm fast die Luft nahm. Er war kein Monstrum, keine einmalige Abnormität. Vielleicht gab es außer Borghese noch andere Menschen, die diese Fähigkeit besaßen.

Borghese erhob sich beinahe andächtig. Er rückte den schweren Säbel zurecht, der irgendwie zu seiner Erscheinung paßte.

»Du meinst, daß du dir auch einen zusätzlichen Finger schaffen kannst, mein Junge?« fragte er rauh.

»Ja«, stieß Kersh hervor. »Ich kann noch viel mehr. Wenn ich will, kann ich mein Aussehen verändern.«

Borgheses Reaktion war unerwartet. Er sank neben der Feuerstelle zu Boden. Kersh wagte nicht, irgend etwas zu sagen. Mit leeren Augen starrte Borghese in das längst erloschene Feuer. Als er endlich wieder aufstand, klirrte sein Säbel, und das Geräusch ließ Kersh erschauern. Borghese wirkte wie ein übermächtiger Riese, wie ein Bote einer vergangenen Zeit.

»Ich hätte es wissen sollen«, flüsterte er.

In Kersh wuchs eine Ahnung heran, aber er ging ihr nicht nach. Sie mußten jetzt endlich etwas wegen der Puppen unternehmen.

»Wir müssen in die Stadt«, erinnerte er den Kolonisten zaghaft.

Borgheses Augen kehrten in die Wirklichkeit zurück. Er starrte Kersh an. Er schien einen Entschluß gefaßt zu haben.

»Du bleibst hier«, entschied er. »Diese Sache ist zu gefährlich für Jungen wie dich.«

Kersh sagte ruhig: »Ich gehe mit Ihnen, Borghese.«

Borghese hob eine lange Schnur vom Boden auf. Er packte Kersh am Arm.

»Ich werde dich anbinden«, verkündete er.

»Nein«, sagte Kersh. »Ich kann jede Fessel sprengen, weil mich Dilian oft angebunden hat.« Das war eine Lüge, aber Kersh sah keine andere Möglichkeit, den Einsiedler von seinem Vorhaben abzubringen.

»Ich gehe mit«, wiederholte er hartnäckig.

»Also gut«, meinte Borghese gedehnt. »Ich will dich nicht zwingen.«

Ohne ein weiteres Wort verließen sie Folleys Haus. Die Straße lag verlassen vor ihnen. Kaum ein Geräusch drang zu ihnen. Wie ein gläserner Ball hing die Sonne am Horizont. Die Temperaturen waren gegenüber der Nacht bereits beträchtlich gestiegen.

Borghese trat auf die Straße hinaus. Er ging mit weitausholenden Schritten, fest und selbstbewußt. Lautlos schlich Kersh neben ihm her.

Da sahen sie den Mann am Tor des Hauses nebenan.

Kersh brauchte einige Sekunden, um zu begreifen, daß es Steller war. Auch Borghese blieb stehen. Da der Fabrikbesitzer das Tor noch verschlossen hatte und nur mit dem Oberkörper zu sehen war, konnte Kersh nicht feststellen, ob er eine Puppe trug.

»Guten Morgen!« rief Borghese.

Sofort wußte Kersh, daß das ein Fehler war. Er wußte jedoch nicht, was er tun sollte.

Steller öffnete die Tür und kam auf die Straße heraus. Sein fetter Körper rollte förmlich heran. Mit Erschrecken erblickte Kersh die kleine Puppe am Gürtel des Fabrikanten. Auch Borghese sah sie. Kersh beobachtete, daß Borghese unruhig die Hände bewegte.

»Es wird viel Arbeit geben«, sagte Steller. Er sagte es genau in dem ausdruckslosen Ton, den Kersh erwartet hatte.

»Viel Arbeit«, wiederholte Borghese im gleichen Tonfall.

Kersh atmete auf. Borghese hatte schnell begriffen. Der Abstand zwischen Steller und Borghese verringerte sich rasch.Einen Meter vor ihnen blieb der Dicke stehen.

»Seid ihr bereits eingeteilt?« erkundigte er sich.

Kersh witterte eine Falle, aber Borghese behauptete kühn: »Ja, wir gehen zum Raumhafen.«

Steller schien zufrieden zu sein. Im gleichen Augenblick, als er sich umdrehen wollte, schoß Borgheses Riesenfaust gegen Stellers Kinnspitze und riß den Dicken zu Boden. Kersh stieß vor Erregung einen spitzen Schrei aus. Hastig blickte er sich um. Niemand schien den blitzschnellen Angriff beobachtet zu haben.

Borghese packte Steller am Jackenaufschlag und riß ihn hoch.

»Rasch«, drängte er. »Ins Haus mit ihm.«

Kersh rannte voraus und öffnete die Tür zu Folleys Haus. Keuchend zerrte Borghese seine schwere Last heran. Gleich darauf waren sie aus dem Blickfeld etwiger Beobachter verschwunden. Im Vorzimmer ließ Borghese Steller fallen.

»Da«, sagte Kersh und deutete auf die Puppe.

Borghese bückte sich, um die Puppe abzureißen. Doch Kersh kam ihm zuvor.

»Nicht anfassen!« rief er entsetzt. »Sie wird Sie in ihre Gewalt bringen. Ich bin immun gegen sie.«

Mit seinen dünnen Fingern umklammerte er die Puppe. Sie fühlte sich eigenartig warm an. Unter den Kleidern schien irgend etwas zu pulsieren. Kersh überwand seinen Ekel und riß sie los. In Stellers Jacke waren zwei kreisrunde Löcher. Die Haut, die darunter zu sehen war, zeigte rote Flecken. Kersh erblickte gerade noch, wie sich zwei wurmähnliche Dinger in die Augenhöhlen zurückzogen, nachdem sie erfolglos über seine Handfläche getastet waren.

Steller wimmert leise. Er kam langsam zu sich.

»Ich denke, daß auch ich immun gegen das Biest bin«, sagte Borghese.

»Wenn Sie es nicht sind, bringen Sie mich um, sobald Sie die Puppe haben«, sagte Kersh schnell. »Es ist besser, wenn ich sie behalte.«

Steller schlug die Augen auf. Sein Gesicht verzerrte sich. Mit beiden Händen umfaßte er seinen Hals. Kersh beobachtete ihn stumm. Ruhig holte Borghese einen Becher mit Kaffee und flößte dem Verletzten davon ein. Steller verschluckte sich und hustete verkrampft. Borghese hob ihn hoch und klopfte ihm den Rücken.

»Danke«, brachte Steller mühsam hervor.

»Können Sie mich verstehen?« fragte Borghese.

Der Fabrikant nickte. Seine Blicke irrten durch den Raum und kehrten zu Borghese zurück. Kersh glaubte zu erkennen, daß der Mann vor Angst halb wahnsinnig war.

»Zeig ihm die Puppe, Kersh«, befahl Borghese.

Kersh hielt die Puppe vor Stellers Gesicht. Der Dicke wurde ohnmächtig.

»Das genügt«, sagte Borghese trocken. »Ich glaube, die Furcht vor dem Ding bringt ihn noch um. Wir können ihn in der Stadt nicht gebrauchen. Er würde uns durch seine Aufregung verraten.«

Kersh ließ ratlos die Schultern hängen.

»Was sollen wir mit ihm anfangen?«

Borghese grinste und holte die Schnur, mit der er Kersh zu fesseln beabsichtigt hatte, aus dem mittleren Raum. Dann brachte er einen Stuhl und setzte Steller darauf. Kunstgerecht begann er den Bewußtlosen zu verschnüren. Als er fertig war, überprüfte er seine Arbeit.

»Glaubst du, daß es ihn aufhält?« fragte er Kersh.

Der Gedanke, daß beinahe *er* an Stellers Platz gesessen hätte, belustigte Kersh.

»Er wird schreien«, meinte er zu Borghese.

»Wir legen seine Puppe neben der Tür auf den Boden«, schlug Borghese vor. »Sobald er sie sieht, wird er sich vollkommen ruhig verhalten. Oder«, er zog ein schmutziges Tuch aus der Tasche, »sollen wir ihm einen Knebel geben?«

Sie entschieden sich für den Knebel, aber Kersh ließ die Puppe trotzdem an der Tür liegen, als sie das Haus verließen. Unangefochten erreichten sie die Straße.

Kersh gab sich Mühe, seinen Gang dem anderer Puppenträger anzupassen. Er überredete Borghese, es ihm gleichzutun. Borghese, der nun endgültig von Kershs Geschichte überzeugt war, beobachtete ununterbrochen die Häuser zu beiden Seiten der Straßen. Aber kein Fenster öffnete sich. Niemand sah ihnen nach. Die Kolonie wirkte wie verlassen.

Als sie die große Mehrzweckhalle auftauchen sahen, fanden sie einen großen Teil der Kolonisten damit beschäftigt, die Einrichtungen der Halle ins Freie zu tragen. Kersh wollte anhalten, doch Borghese zog ihn unauffällig weiter.

»Wir dürfen jetzt nichts Verdächtiges tun«, murmelte Borghese.

Kersh merkte, daß die Angst zurückkehrte. Auch Borgheses Gegenwart half ihm nicht darüber hinweg. Je näher sie der Halle kamen, desto unsicherer fühlte er sich.

»Was wollen wir tun?« brach es schließlich aus ihm hervor.

»Wir mischen uns unter die anderen«, verkündete Borghese. »Es bleibt uns nichts anderes übrig, als den Burschen Theater vorzuspielen. Es muß uns irgendwie gelingen, Perry Rhodan zu finden. Wir müssen ihn von seiner Puppe befreien. Er kann der Kolonie vielleicht helfen.«

So lebenswert Kersh diesen Plan fand, er hielt ihn für undurchführbar. Wie wollten sie inmitten der Befallenen Rhodan entführen? Kersh vergewisserte sich, daß seine Puppe richtig befestigt war. Niemand durfte bemerken, daß es sich lediglich um eine Imitation handelte.

Die Kolonisten, die die Halle ausräumten, kümmerten sich nicht um die Ankömmlinge. Schweigend, wie bei einem Leichenbegängnis, trugen sie die Gegenstände auf den freien Platz vor der Halle. Gerade diese Stille war unheimlich. Kersh mußte sich zu jedem weiteren Schritt zwingen. Ohne Borghese hätte er nie den Mut aufgebracht, noch weiterzugehen.

Gelassen ging Borghese an einer Gruppe von Arbeitern vorbei. Er folgte zwei Männern ins Innere der Halle. Mit schwachen Knien schlich Kersh hinter ihm nach. Die beiden Männer verschwanden in einem Seitenraum. Einen Augenblick waren Borghese und Kersh völlig allein im Seitengang neben dem großen Raum für Veranstaltungen. Sie hörten das Rumoren der arbeitenden Kolonisten.

»Wir tragen jetzt irgend etwas hinaus«, ordnete Borghese

an. »Schau dich um, ob du Rhodan oder den Bürgermeister entdecken kannst.«

Kersh war so mit seiner Furcht beschäftigt, daß er kaum auf Borgheses Worte hörte. Er war einer Panik nahe. Ringsum lauerte Gefahr, und Borghese benahm sich, als sei überhaupt nichts geschehen.

Borghese ging durch eine offene Tür in den Hauptraum. Mindestens zehn Kolonisten schleppten die Einrichtungsgegenstände auf die Türen zu. Dort wurden die Sachen von anderen Männern weitertransportiert. Alle Arbeiter trugen Puppen. Kersh versuchte, sich einfach nicht um die anderen zu kümmern. Als hätte er nie etwas anderes getan, steuerte Borghese auf einen Stapel Kisten zu. Er nahm eine herunter und legte sie Kersh in die Arme. Seine Blicke richteten sich durchdringend auf Kersh. Kersh lächelte schwach und schwankte mit der schweren Last davon. Borghese nahm zwei Kisten und beeilte sich, wieder an die Seite des Jungen zu kommen.

Kersh trug die Kiste in den Gang hinaus. Er konnte kaum daran vorbeiblicken, aber er hörte die Schritte anderer Männer in seiner unmittelbaren Nähe. Dann war Borgheses mächtige Gestalt wieder neben ihm. Er atmete auf. Langsam näherte er sich dem Ausgang. Borghese überholte ihn. Kersh beschleunigte sein Tempo, um nicht allein zurückzubleiben. Ohne Zwischenfall kamen sie vor der Halle an. Borghese lud die beiden Kisten bei den anderen Sachen ab. Sofort wandte er sich wieder um. Kersh ließ mit einem erleichterten Seufzer seine Last sinken. Als er sich aufrichtete, vernahm er hinter sich das schwere Atmen eines anderen Trägers. Er blickte auf und schaute genau in die düsteren Augen Dilians.

Er wollte um Hilfe schreien, doch seine Kehle war wie zugeschnürt. Borghese verschwand bereits wieder im Eingang der Halle. Dilian trug ebenfalls zwei Kisten.

Kersh blieb wie erstarrt stehen. Die Welt um ihn herum versank – und nur Dilians Augen blieben, wie schwarze, lodernde Flammen unter dem von Säuren gebleichten Haar.

Dilian trug seine langen Stiefel. Er sah aus, als sei er die

Nacht über nicht im Bett gewesen. Breitbeinig, die beiden Kisten mit Leichtigkeit auf den Armen balancierend, stand er vor Kersh.

Steller hob den Kopf und öffnete blinzelnd die Augen. Seine Beine und Arme prickelten, denn das Blut konnte nicht richtig zirkulieren. Das Grauen drohte ihn wieder zu übermannen. Borghese und der Junge hatten ihn aus irgendeinem Grund hier festgebunden. Den beiden war es irgendwie gelungen, dem Einfluß der Puppen zu entgehen.

Er blickte an sich hinunter. Ihn hatten sie von dem Teufelsding befreit. Prüfend dehnte er seinen Körper. Die Fesseln schnitten tief ins Fleisch. Er merkte, daß jeder Fluchtversuch sinnlos war. Irgendwann mußte Borghese zurückkehren. Der Knebel, den sie ihm in den Mund geschoben hatten, ließ sich nicht herausstoßen. Sein modriger Geschmack rief Ekel in Steller hervor.

Er schaute sich in dem verwahrlosten Zimmer um. Als er aus dem Fenster blickte, erkannte er die Mauer seiner Fabrikhalle. Das bedeutete, daß man ihn in Folleys Haus gebracht hatte. Steller nahm an, daß dies das Hauptquartier der Widerstandsbewegung war. Er fragte sich, wieviel Männer Borghese noch unterstützten. Mit dem Jungen allein hatte er keine Chance.

Steller dachte an seine Frau. Er hatte ihr eine Puppe vom Raumhafen mitgebracht. Er war sicher, daß sie sich jetzt keine Sorgen um ihn machte, denn ihre Gedanken gehörten nicht mehr ihr selbst. Stellers Erinnerung an die furchtbaren Stunden mit der Puppe wurde wach. Sobald er das vermeintliche Spielzeug zum erstenmal berührt hatte, war er nicht länger Herr seines Willens gewesen. Etwas anderes hatte die Kontrolle über seinen Willen übernommen. Sein Ego wurde in den Hintergrund gedrängt, wo es wie ein unbeteiligter Zuschauer alle Vorgänge verfolgt hatte.

Steller fragte sich, warum er nicht wahnsinnig geworden war. Vielleicht war er doch nicht ein so großer Schwächling, wie er immer geglaubt hatte.

Was waren diese Puppen?

Steller wußte, daß er keine seiner unzähligen Fragen beantworten konnte. Irgend etwas Schreckliches war auf Quentins Planet geschehen. Steller ahnte, daß dies erst der Anfang war. Noch etwas fiel ihm ein: Die Puppe, die ihn beherrscht hatte, schien kein Einzellebewesen zu sein. Steller hatte unbewußt gefühlt, daß sie sich willig in irgendeinen größeren Rahmen eingefügt hatte. In Steller wurde die Erinnerung an einen gewaltigen Plan wach, aber er wußte nichts Genaues mehr.

Vielleicht wollte er es auch nicht mehr wissen, denn die vergangenen Ereignisse waren so schrecklich, daß Steller allein bei dem Gedanken an die Eindringlinge zu zittern begann.

Ein schleifendes Geräusch ließ ihn zusammenfahren. Er verdrehte den Kopf, konnte aber nichts sehen. Wieder dieses Schleifen und Kratzen.

Von der Tür, es kam von der Tür.

Mit aufgerissenen Augen starrte Steller in diese Richtung. Die Angst ließ ihn frösteln. Doch er sah nichts. Er war allein im Zimmer. Erleichtert atmete er auf. Er war einer Täuschung zum Opfer gefallen. Bei der Anspannung, unter der er stand, war das auch kein Wunder.

Da drang das Geräusch wieder an sein Gehör. Diesmal war kein Irrtum möglich. Etwas kroch durch das Zimmer. Als Steller wieder zur Tür blickte, sah er, was das Schleifen verursachte.

Über den Boden hinweg kam eine Puppe von der Tür aus auf ihn zu. Stellers Augen quollen fast aus den Höhlen. Sein Herzschlag drohte auszusetzen. Er wollte schreien, aber der Knebel erstickte jeden Ton. Seine Adern schwollen vor Anstrengung an. Er würgte und hustete, doch Borgheses Knebel hielt.

Die Puppe bewegte sich ruckartig vorwärts. Sie kroch nicht gleichmäßig, sondern hielt nach jeder zurückgelegten Strecke einen Augenblick an, um sich dann mit einem Ruck nach vorn zu schleudern. Sie lief auf zwei weißen Fingern, die aus ihren Augenhöhlen ragten. Scheinbar mühelos zog sie den übrigen Körper nach.

Über das Ziel der Puppe hatte Steller keine Zweifel.

Sie kam direkt auf ihn zu!

Verzweifelt kämpfte der Kolonist gegen die Fesseln an, aber je mehr er sich gegen die Umklammerung wehrte, desto enger umschlang ihn die Schnur. Er konnte sich nicht befreien. Ununterbrochen mußte er auf die herankommende Puppe starren. Es war ihm unmöglich, seine Augen abzuwenden.

Das Wissen, daß er nichts gegen das Unheil, das auf ihn zugekrochen kam, ausrichten konnte, trieb Steller an den Rand des Wahnsinns. Sobald ihn die Puppe berührte, würde er wieder ihr hilfloses Werkzeug sein. Ohne sich dessen bewußt zu werden, würde er willig alle Befehle ausführen.

In seiner Verzweiflung begann er Borghese Vorwürfe zu machen. Warum hatte ihn der Einsiedler allein hier zurückgelassen? Hätte er nicht wenigstens den Jungen bei ihm lassen können?

Steller krümmte sich. Der Stuhl, auf dem er festgebunden war, wackelte etwas. Die Puppe war noch zwei Meter von ihm entfernt. Jeder Ruck brachte sie zehn Zentimeter näher. Steller versuchte, den Stuhl umzukippen. Wenn es ihm gelang, sich über die Puppe zu werfen, konnte er sie vielleicht zerquetschen.

Steller holte tief Atem. Dann warf er sich mit einem Ruck nach vorn. Der Stuhl schwankte und krachte im Rahmen. Steller nahm alle Kraft zusammen. Mit unsäglicher Anstrengung gelang es ihm, sein Gewicht wieder nach vorn zu verlagern.

Während eines kurzen Augenblickes stand der Stuhl auf den vorderen Stützen, dann riß ihn Stellers Gewicht nach vorn.

Steller drehte das Gesicht. Der Aufprall brach ihm fast das Genick, aber der Stuhl kippte im rechten Winkel zur Seite und warf Steller herum. Er schlug sich die Hüfte wund. Sein Kopf dröhnte von dem harten Schlag.

Er blickte auf.

Dreißig Zentimeter von ihm entfernt lag die Puppe. Sie bewegte sich nicht. Steller gab ein triumphierendes Grunzen von sich, das einzige Geräusch, das er trotz des Knebels erzeugen konnte.

Da wuchsen aus den Augenhöhlen der Puppe die beiden tastenden Finger. Steller glaubte zu träumen. Mit unheimlicher Sicherheit ruckte die Puppe zu Steller herum und kroch weiter auf ihn zu. Steller fühlte die Kühle des Bodens. Sein Gesicht glühte. Das Schaben und Kratzen der Puppe erschien ihm noch lauter als zuvor.

Kurz vor seinem Gesicht bog die Puppe ab und steuerte auf seine Brust zu. Steller bewegte sich nicht. Er war vollkommen erschöpft. Sekunden später berührte ihn etwas oberhalb des Nabels.

Die Puppe hatte ihn erreicht.

Kersh benötigte fast eine Minute, um zu begreifen, daß in Dilians Blick völlige Teilnahmslosigkeit lag. Kein Erkennen flackerte in den düsteren Augen auf. Dilian sah ihn, aber er schien nicht auf seine Anwesenheit zu reagieren. Hastig stolperte Kersh zur Seite. Dilian setzte seinen Weg fort und lud die beiden Kisten ab. Ohne sich noch einmal nach seinem Adoptivvater umzublicken, ging Kersh in die Halle zurück. Jeden Augenblick rechnete er damit, angehalten zu werden. Doch niemand kümmerte sich um ihn. Die Puppenträger gingen ruhig ihrer Arbeit nach. Kersh beeilte sich, um Borghese wieder einzuholen. Als er die große Halle betrat, lud der Einsiedler gerade weitere Kisten auf seine Arme. Kaum sichtbar blinzelte er Kersh zu. Kersh ging direkt auf ihn zu. Er vergewisserte sich, daß niemand in der Nähe war und zischte: »Dilian ist bei den Männern.«

»Verdammt«, knurrte Borghese. »Hat er dich erkannt?«

»Ich weiß es nicht«, gab Kersh hastig zurück. »Er ging an mir vorbei.«

»Fenton ist ebenfalls hier«, berichtete Borghese. »Von Rhodan jedoch keine Spur«.

Zwei andere Männer kamen heran, und sie mußten ihre Unterhaltung unterbrechen. Kersh nahm eine Kiste und folgte Borghese ins Freie. Kersh war erleichtert, als er Dilian nicht mehr vor der Halle entdecken konnte. Sie setzten ihre Last ab.

Gleich darauf kam Bürgermeister Fenton aus der Halle.

»Wir gehen zum Raumschiff«, sagte er monoton. Er deutete auf Borghese und Kersh. Hinter ihm tauchten Dilian und zwei weitere Kolonisten auf.

»Wir alle gehen«, sagte Fenton.

Kersh und Borghese wechselten einen stummen Blick. Hatte man Verdacht geschöpft? Kersh glaubte es nicht. Wahrscheinlich gab es auch auf dem Landeplatz Arbeit. Dilians Anwesenheit beunruhigte Kersh mehr als alles andere. Vergeblich versuchte er sich einzureden, daß Dilian in diesem Zustand völlig ungefährlich war.

Fenton ging voraus. Er war ein vitaler Mann gewesen, doch jetzt bewegte er sich wie ein Kranker.

Borghese gelangte neben Kersh, als sie in die Hauptstraße einbogen. Die Stille der Stadt kam Kersh wieder zum Bewußtsein. Niemand schien sich zu unterhalten. Er fragte sich, ob Borghese Fenton und die drei anderen Männer angreifen sollte. Gleich darauf verwarf er diesen Gedanken. Diese Männer waren gefährlich. Sie konnten auch den riesenhaften Borghese überwältigen. Vielleicht gab es eine Gelegenheit, ihnen blitzschnell die Puppen zu entwenden.

Kersh machte sich keine Gedanken über die Herkunft der Eindringlinge. Er war sich darüber im klaren, daß das Rätsel im Augenblick nicht zu lösen war. Nur eines stand für ihn fest: Freiwillig hatte Perry Rhodan diese Puppen nicht auf Quentins Planet gebracht. Der Großadministrator war auf einer anderen Welt zusammen mit der Besatzung des Raumschiffes überwältigt worden.

Fenton führte sie direkt zum Raumhafen. In der Nähe des terranischen Raumschiffes wimmelte es von Kolonisten. Jeder trug eine Puppe. Kersh sah auch Uniformierte unter ihnen. Das mußten Besatzungsmitglieder sein. Obwohl Kersh keine

Erfahrung mit Raumschiffen besaß, erkannte er auf den ersten Blick, was vorging. Die Männer waren damit beschäftigt, alle überflüssigen Sachen aus dem Schiff zu holen, um für irgend etwas anderes Platz zu schaffen. Mit Schaudern dachte Kersh daran, daß man dieses Schiff mit Puppen beladen und auf einer anderen Welt landen könnte. Eines Tages würde der fürchterliche Gegner noch ein zweites Schiff erobern. Mit Entsetzen überlegte Kersh, was geschehen konnte, wenn eine ganze Flotte von Schiffen die Puppen in jeden Winkel der Galaxis transportieren würde. Er erkannte, daß er den Anfang eines gefährlichen Feldzuges miterlebte. Jemand begann damit, die Macht an sich zu reißen. Durch einen unglücklichen Zufall war es dem Gegner gelungen, ausgerechnet Perry Rhodan zu überwältigen.

Kersh war sich darüber im klaren, daß die verantwortlichen Männer des Imperiums früher oder später eine ausgedehnte Suche nach dem Großadministrator starten würden. Bei der Suche mußten die Raumfahrer zwangsläufig auf Welten stoßen, wo es bereits Puppen gab.

Doch das mußte nicht bedeuten, daß man der Gefahr auf die Spur kam. Wer vermutete hinter einer harmlosen Puppe eine schreckliche Gefahr?

»Hör auf zu träumen«, zischte ihm Borghese zu.

Kersh gab sich einen Ruck. Zusammen mit Borghese stand er seitlich neben der Verladepritsche eines Wagens. Die Kolonisten luden die Gegenstände, die sie aus dem Schiff herbeischafften, auf das Fahrzeug. Kersh vermutete, daß diese Sachen in die Stadt gebracht und in der Halle gelagert werden sollten.

Schweigend kletterte Borghese auf den Wagen und nahm den herankommenden Männern die Lasten ab. Kersh schwang sich zu ihm hinauf. In der Hauptschleuse des Schiffes sah er einige Männer stehen, aber sie waren zu weit von ihm entfernt, so daß er nicht entscheiden konnte, ob Perry Rhodan unter ihnen war.

Nach einer Weile kam einer der Uniformierten auf den Wagen zu. Er blickte zu Borghese und Kersh hinauf.

»Dieser Körper ist zu schwach für die schwere Arbeit«, sagte er zu Kersh. »Geh mit ihm ins Schiff und hilf sortieren.«

Borghese tat, als hätte er nichts gehört, er wich Kershs verzweifelten Blicken aus. Es blieb dem Jungen nichts anderes übrig, als von der Pritsche zu springen. Der Uniformierte verschwand. Die Art, wie er von Kersh gesprochen hatte, ließ den Jungen die ganze Tragik der Befallenen erkennen. Die Kolonisten waren nur noch Träger dieser Parasiten. Kersh biß sich auf die Zähne und ging auf den Landesteg zu. Fenton, Dilian und die anderen, die mit von der Halle zum Landeplatz gekommen waren, konnte Kersh nicht mehr entdecken. Sie waren unter den Arbeitern untergetaucht.

Kersh hatte sich schon immer gewünscht, daß er eines Tages ein Raumschiff betreten könnte. Unter diesen Umständen konnte er jedoch keine Freude empfinden.

Die Gänge waren beleuchtet. Kersh ging einfach zwei anderen Männern nach, die vor ihm das Schiff betreten hatten. Jetzt sah er immer häufiger Uniformierte, die die Arbeiten zu leiten schienen. Das war nur selbstverständlich, denn diese Männer wußten am besten, was man an Bord des Schiffes entbehren konnte.

Er trat in einen Raum ein und wäre fast mit einem alten Mann zusammengestoßen. Der Alte blieb stehen und starrte Kersh an. Ohne Borghese in seiner Nähe, fühlte sich Kersh der Panik nahe.

»Dieser Körper ist noch jung und schwach«, sagte der Mann. »Du solltest einen besseren bekommen.«

»Ja«, sagte Kersh, dann schnürte ihm die Angst die Kehle zu. Was sollte er tun, wenn man auf den Gedanken kam, ihm die Puppenimitation zu entwenden und auf einen anderen Körper zu setzen? Innerhalb weniger Augenblicke hätten die Befallenen den Schwindel durchschaut.

»Kümmere dich darum«, sagte der Alte.

Ohne eine Antwort abzuwarten, ging er davon. Kersh stand wie gelähmt da. Erst als er sich der Anwesenheit anderer Kolonisten bewußt wurde, zwang er sich zum Weitergehen.

Kersh mischte sich unter die arbeitenden Männer. Mit zitternden Händen trug er verschiedene Kleinteile zur Tür, wo sie von anderen Kolonisten abgeholt wurden. Alles wurde in vollkommenem Schweigen erledigt. Lediglich ein uniformiertes Mitglied der Besatzung gab ab und zu neue Anweisungen. Innerhalb einer halben Stunde hatten sie den Raum von allem überflüssigen Material befreit.

Kurze Zeit später kam der Alte herein, der ihn wegen seines Körpers angesprochen hatte.

»Wir gehen jetzt zur Zentrale«, befahl er. »Jeder Platz wird für die neuen Puppen benötigt.«

Kershs Vermutung wurde durch diese Worte bestätigt. Das Schiff sollte zum Transport von Puppen auf andere Welten benutzt werden. Ohnmächtige Wut breitete sich in ihm aus. Er achtete darauf, daß er stets am Schluß der Gruppe ging, um nicht unnötig die Aufmerksamkeit auf sich zu lenken. Auch unter den Puppen schien es Standesunterschiede zu geben, denn der Alte wie auch Fenton gaben Befehle an die anderen. Zum Glück schien Dilians Puppe keinen übergeordneten Rang zu besitzen, denn sein Adoptivvater war von Fenton zum Schiff kommandiert worden. Der Gedanke, daß Dilian eine führende Rolle bei diesem Projekt spielen könnte, erschien Kersh schlimmer als alles andere.

Durch einen Antigravschacht gelangten sie in den Vorraum der Zentrale. Überall sah Kersh die Spuren einer radikalen Säuberung des Schiffes. Nur die notwendigsten Dinge durften an Bord bleiben.

Als sie die Zentrale betraten, fanden sie zwei Männer dort vor. Einer fiel durch eine bemerkenswert große Nase auf.

Der andere war Perry Rhodan. Kershs Blicke schweiften über den Raum. Er sah, daß Rhodan und der Mann mit der auffälligen Nase beide eine Puppe trugen. Der Alte und Rhodan sprachen miteinander, doch Kersh war zu weit entfernt, um etwas zu verstehen. Rhodan bezeichnete den Kolonisten die Gegenstände, die sie abmontieren konnten.

Kersh wurde einem hageren Mann mit stechenden Augen zugeteilt. Er erinnerte sich, daß dieser in der gleichen Fabrik wie Dilian arbeitete. Der Kolonist ließ jedoch nicht erkennen, daß ihm Kersh bekannt war. Schweigend führten sie die angewiesenen Arbeiten aus, wobei Kersh mehr oder weniger zum Handlanger verurteilt war. Kersh ertappte sich dabei, daß er immer wieder nach Rhodan Ausschau hielt. Der schlanke Terraner beaufsichtigte die Kolonisten. Er entschied, welche Teile von Bord gehen durften. Das bewies Kersh, daß die Puppen anscheinend einem Menschen nicht die Erinnerung raubten. Rhodan konnte nur deshalb Befehle geben, weil die Puppe in seinem Gedächtnis spionierte oder ihnen auf eine für Kersh unerklärliche Weise bei dieser Sache freie Hand ließ. Wahrscheinlich war sich Rhodan überhaupt nicht dessen bewußt, was er tat.

Gleich nachdem er Rhodan erkannt hatte, war in Kersh der Gedanke an eine Vernichtung von Rhodans Puppe aufgekommen. Doch diese Idee erschien ihm im Augenblick undurchführbar. Mindestens zwanzig Männer hielten sich in der Zentrale auf. Wenn es Kersh wirklich gelang, bis zu Rhodan vorzudringen und ihm die Puppe abzureißen, dann schadete er sich nur selbst.

Kershs Verzweiflung wuchs. Je länger er unter den Befallenen weilte, desto unmöglicher erschien es ihm, daß Borghese und er eine Chance hatten, etwas gegen die Eindringlinge zu unternehmen.

Quentins Planet schien verloren. Und bald würde eine ganze Flotte von Schiffen durch den Weltraum rasen, um die Puppen in jeden Winkel der Galaxis zu tragen.

6.

Brent Borghese war in der Situation eines Mannes, der aus seinem bisherigen Leben gerissen und vor unlösbar erscheinende Probleme gestellt wird. Borghese war intelligent genug, um zu begreifen, daß mit Kershs Auftauchen das zurückgezogene Leben für immer vorüber war. Wenn er den

Invasoren zum Opfer fiel, würden diese ihn für ihre Zwecke einsetzen. Sollte es jedoch Kersh und ihm gelingen, wie durch ein Wunder Quentins Planet zu retten, dann blieb immer noch der Junge, um den er sich kümmern mußte.

Erbittert fragte sich Borghese, warum er nach sechzehn Jahren seinen Sohn unter solchen Umständen kennenlernen mußte. Sechzehn Jahre lang hatte er nicht gewußt, daß er einen Sohn hatte. Obwohl sechzehn Jahre eine lange Zeit sind, empfand Borghese ein schmerzliches Gefühl bei dem Gedanken, daß ihn Elena belogen hatte. Er erinnerte sich noch, wie sie damals zu ihm gekommen war, ängstlich wie immer, daß die Kolonie von ihrem Verhältnis mit dem Einsiedler erfahren könnte.

»Das Kind kam tot zur Welt«, hatte sie mit dumpfer Stimme zu ihm gesagt. »Es war eine Mißgeburt.«

Borghese verzog grimmig das Gesicht, als er sich nach einer Kiste bückte und sie in die Mitte des Wagens schob.

Sie hatte ihn belogen. Das Kind hatte gelebt, aber sie hatte gefürchtet, daß es seine seltsamen Fähigkeiten geerbt haben könnte. Elena hatte das Kind ausgesetzt. Borghese fühlte nichts als Trauer bei dem Gedanken an Elena. Er konnte keinen Zorn oder Haß gegen sie empfinden. Sechzehn Jahre hatte er gebraucht, um sie endlich so zu sehen, wie sie in Wirklichkeit war: egoistisch und schwach. Vielleicht hatte sie ihn sogar geliebt, aber gegenüber den Kolonisten hätte sie dieses Gefühl für den verrufenen Einsiedler nie eingestanden. Er fragte sich, wie sie es verstanden hatte, ihre Schwangerschaft vor den Leuten in der Stadt zu verheimlichen. In solchen Dingen, erinnerte er sich, war sie immer geschickt gewesen.

Nun war ein magerer und häßlicher Junge aufgetaucht, ein Junge mit großen, ängstlichen Augen, der frühzeitig zum Mann geworden war. Borghese dachte an Dilian und ballte die Fäuste. Aber Rachegedanken waren in diesem Augenblick absurd.

War es Zufall oder Bestimmung, daß sie sich gerade jetzt getroffen hatten? Borghese wußte, daß alles anders gekommen wäre, wenn er Elenas Ratschlag befolgt hätte und sich mit seinen außergewöhnlichen Fähigkeiten in den Dienst Rhodans gestellt hätte. Es widerstrebte jedoch Borgheses Mentalität, sich irgendeiner Disziplin, auch wenn sie nur halbmilitärischer Natur war, unterzuordnen. Er war ein Mutant, aber außer Elena wußte niemand von seinen abnormalen Kräften.

Borgheses Vater hatte im berüchtigten Peppard-Ring als Prospektor gearbeitet. Der Peppard-Ring galt als strahlenverseuchter Asteroidengürtel im Seti-Jana-System. Sein Vater hatte nie die besten Ausrüstungen besessen und war im Alter von zweiundvierzig Jahren an einer Strahlenkrankheit gestorben. Borghese vermutete, daß seine Eigenschaften etwas mit dem Beruf seines Vaters zu tun hatten. Nie hätte er jedoch geglaubt, daß sich diese paranormale Kraft auf eigene Kinder übertragen könnte.

Ob Elena jetzt ebenfalls eine dieser Puppen im Gürtel trug? Oder war sie nicht mehr am Leben? Als sie ihn damals, kurz nach der Geburt des Kindes, verlassen hatte, war sie für Borghese gestorben. Er hatte sich nicht mehr um sie gekümmert. Es fiel ihm ein, daß er sie drei Jahre später noch einmal in der Stadt getroffen hatte, aber sie waren wie Fremde aneinander vorbeigegangen.

Was für eine Frau mußte das sein, die mitansehen konnte, wie ihr Kind von einem brutalen Mann mißhandelt wurde. Es gab keine Zweifel daran, daß Elena genau gewußt hatte, wer der Adoptivsohn Dilians war.

Borghese hatte Kersh bereits in Folleys Haus die Wahrheit sagen wollen. Jetzt war er froh, daß er es unterlassen hatte. Kersh stand jetzt vor schwierigen Problemen. Es wäre unfair gewesen, ihn mit solchen Eröffnungen noch mehr zu belasten.

Für Borghese war es eine Qual, Kersh im Schiff zu wissen. Aber er konnte seinem Sohn nicht helfen. Nur wenn er die Ruhe bewahrte, hatten sie eine Chance, die Invasion zu zerschlagen.

Als Brent Borghese aufblickte und rein zufällig zum Eingang des Raumhafens sah, erkannte er einen dicken Mann, der durch die Sperren auf das Landefeld zukam. Borghese setzte die Kiste, die er gerade in Empfang genommen hatte, sehr langsam ab und richtete sich zu voller Größe auf.

Der Mann bei den Sperren war Steller.

Derselbe Steller, den Borghese in Folleys Haus an einen Stuhl gefesselt wähnte.

Borghese verfiel nicht in Panik. Er wußte, daß jetzt nur noch klare Überlegung Kersh und ihn retten konnte. Steller trug eine Puppe. Es war ihm irgendwie gelungen, sich zu befreien. Borghese glaubte nicht, daß ihm jemand dabei geholfen hatte, denn dann wäre Steller sicher nicht allein gekommen. Borghese machte sich keine unnötigen Gedanken darüber, wie die Puppe an Steller und dieser vom Stuhl gekommen war.

Selbst bei größtem Optimismus durfte er nicht annehmen, daß Steller zum Arbeiten auf den Landeplatz kam. Sein Ziel konnte nur sein, den Befallenen von Borghese und Kersh zu berichten.

Steller bewegte sich nicht schneller als die anderen Puppenträger. Es lag eine gewisse Trägheit in seinem Blick, als er den Kopf wandte, um über das Landefeld zu schauen.

Borghese kam sich auf der Ladepritsche wie auf einer beleuchteten Bühne vor – Steller brauchte nur einen Blick zu ihm heraufzuwerfen, um ihn zu erkennen. Der Einsiedler rückte den Säbel zurecht und sprang ohne Zögern vom Wagen herunter.

Obwohl er sich darüber im klaren war, daß er eine Falle betrat, wenn er ins Schiff ging, war er entschlossen, den Jungen zu warnen. Die arbeitenden Kolonisten kümmerten sich nicht um ihn, als er die kurze Entfernung zwischen den Wagen und dem Landesteg zurücklegte. Borgheses Faust umschloß fest den Säbelknauf. Ohne sich umzudrehen, wußte er, daß Steller jetzt die Hälfte der Entfernung zwischen Sperren und Raumschiff überwunden hatte.

In weniger als vier Minuten würde er den Puppenträgern von Borghese und Kersh berichten. Trotz seiner äußeren

Ruhe fühlte Borghese sein Herz schlagen. Ein Gefühl der Kälte breitete sich über seinen Nacken aus. Mit steifen Schritten erklomm er den Landesteg. Niemand stellte sich ihm in den Weg.

Als er die Mitte des Landesteges erreicht hatte, rief jemand von den Wagen aus: »Halt!«

Borghese wußte sofort, daß er gemeint war. Steller konnte die Wagen noch nicht erreicht haben, aber er hatte die Arbeiter durch Handzeichen offenbar verständigt. Außer dem Einsiedler hielten sich noch sieben andere Kolonisten auf dem Landesteg auf. Sie blieben stehen. Borghese setzte seinen Weg fort, ohne sich umzuwenden.

»Haltet den großen Körper mit dem Bart!« rief jemand von unten. »Er trägt eine tote Puppe.«

Borghese lächelte grimmig. Er hörte, wie sie über den Steg auf ihn zurannten. Das Trampeln ihrer Schritte klang wie ferne Explosionen. Aus der Schleuse kamen mindestens ein Dutzend Männer mit entschlossenen Gesichtern auf ihn zu.

Borghese riß den Säbel aus dem Gürtel und ging weiter. Er überragte sie alle um Kopfeslänge. Sein Bart gab ihm ein wildes Aussehen. Er war so gut wie verloren, aber er wollte den Jungen retten.

Der dürre Mann neben Kersh hörte plötzlich auf zu arbeiten und erhob sich. Scheu blickte Kersh sich um und sah, daß alle Kolonisten die Arbeit niedergelegt hatten. Instinktiv fühlte er, daß irgend etwas passiert war. Der Alte stand im Haupteingang der Zentrale und winkte die Männer einen nach dem anderen heraus. Zögernd erhob sich Kersh und bewegte sich ebenfalls auf den Ausgang zu.

Als der alte Mann ihn sah, sagte er: »Du bleibst in der Zentrale, dein Körper ist für einen Kampf zu schwach.«

Kampf, Kampf, Kampf, klang es in Kershs Gedanken weiter. Er fühlte das Blut in seinen Ohren sausen. War es einem Teil der Kolonisten gelungen, sich der Puppen zu entledigen? Fand ein Angriff auf dieses Schiff statt?

Oder hatte man Borghese bei einem Fehler ertappt?

Als alle Männer bis auf Rhodan und Kersh die Zentrale verlassen hatten, zog sich auch der Alte zurück. Kersh war mit Rhodan allein. Sein Herz schlug bis zum Hals. Seine Gedanken fieberten der Rückkehr der Männer entgegen. Er mußte erfahren, was mit Borghese geschehen war. In der Zentrale blieb es ruhig. Kein Kampflärm drang zu ihnen herein.

»Wir werden inzwischen die leichteren Arbeiten erledigen«, drang Rhodans Stimme an Kershs Gehör. Er riß sich aus seiner Versunkenheit los. Jetzt, da Rhodan all seine Aufmerksamkeit ausschließlich auf ihn konzentrieren konnte, mußte er noch vorsichtiger sein.

Kersh gab sich Mühe, die angewiesenen Arbeiten gut, aber nicht zu schnell auszuführen. Er achtete darauf, daß er die trägen Bewegungen der Kolonisten imitierte.

»Diese Verkleidung nehmen wir herunter«, entschied Rhodan und zeigte auf eine farbige Plastiktafel. Er kam zu Kersh herüber und machte sich an den Magnetverschlüssen zu schaffen. Er war dem Jungen so nahe, daß Kersh ihn atmen hören konnte.

Da schrie draußen auf dem Gang ein Mann.

Borghese!

Kersh fuhr zusammen, als habe ihn ein elektrischer Schlag getroffen. Rhodans Arme kamen langsam herunter. Einen Augenblick sah Kersh die Puppe des Großadministrators greifbar nahe vor sich. Sie haftete fest an Rhodans Körper. Kersh packte mit beiden Händen zu. Er fühlte, wie sich seine Finger um den Puppenkörper schlossen.

»Nicht«, sagte Rhodan.

Kersh zerrte an der Puppe, die wie festgeschweißt an Rhodan hing. Da spürte er, wie sich Rhodans Hände um seinen Hals legten. Er schrie vor Schmerz und Angst auf. Draußen im Gang erhob sich Lärm, der sich rasch in Richtung auf die Zentrale fortpflanzte. In Todesangst, mühsam nach Luft ringend, warf sich Kersh mit aller Kraft nach hinten. Mit einem schmatzenden Geräusch löste sich die Puppe. Kersh taumelte zurück und stolperte über eine Kiste. Im Fallen wirbelte er herum. Aus den Augen der Puppe ragten zwei sich windende Finger und tasten vergeblich über Kershs Hände.

Wie durch einen roten Nebel sah Kersh den Großadministrator schwanken. Rhodan sagte irgend etwas, dann sank er in die Knie. Von Ekel geschüttelt, schleuderte der Junge die Puppe davon und kroch auf Rhodan zu. Die Zentrale schien erfüllt zu sein von ihrem Stöhnen und Keuchen. Der Kampflärm auf dem Gang steigerte sich noch.

Kersh gelangte neben Rhodan an und beugte sich über ihn. In den Augen des großen Terraners spiegelte sich Entsetzen. Gleichzeitig sah Kersh Wachsamkeit in ihnen aufsteigen.

»Sir«, schluchzte Kersh. »Wir müssen schnell hier heraus.«

Borghese wußte, daß es harmlose Bürger der Kolonie waren, gegen die er zu kämpfen beabsichtigte. Er durfte sie nicht für ihr Handeln verantwortlich machen. Wahrscheinlich wußten sie nicht, was sie taten.

Sie stellten sich ihm wenige Meter unterhalb der Schleuse entgegen. Borghese ließ den Säbel durch die Luft sausen und setzte seinen Vormarsch fort. Hinter ihm stürmten die Verfolger den Landesteg herauf. Ein kurzer Blick zurück zeigte ihm Steller, der einsam neben den Wagen stand. Er – oder seine Puppe – wußte offenbar nicht, was jetzt zu tun war.

Borghese nahm seinen alten Säbel in die Hand, daß er mit der Breitseite schlagen konnte.

»Geht mir aus dem Weg!« sagte er rauh, als er die Kolonisten erreichte.

Sie rückten langsam näher, als wüßten sie nicht, was dieser Mann für eine Gefahr bedeutete. Borghese zögerte nicht länger. Er schlug zu und traf den vorderen Mann gegen die Brust. Der Puppenträger taumelte zur Seite und mußte sich an einem anderen Mann festhalten. Entschlossen drang Borghese in die Lücke vor. Gleich darauf war er von einem Wulst von Männern umgeben. Er schwang den Säbel über dem Kopf und ließ ihn immer wieder auf die Körper der Gegner prallen. Kein Schmerzenslaut kam über die Lippen der Verletzten. Stumm warfen sie sich Borghese entgegen. Sie reagierten nur langsam, so daß Borghese den größten Teil ihrer Aktionen im Keim ersticken konnte. Außerdem behinderten sie sich gegenseitig. Über ein Knäuel von Leibern hinweg erreichte Borghese die Schleuse. Sein Gesicht war vor Anstrengung und Zorn dunkel gerötet. Von allen Seiten drangen sie auf ihn ein.

Borghese gestand sich ein, daß er nicht länger allein mit der flachen Schneide des Säbels die Gegner fernhalten konnte. Er mußte den Säbel als tödliche Waffe verwenden. Ein Mann klammerte sich an sein Bein, aber Borghese schleuderte ihn davon. Er atmete jetzt in kurzen heftigen Zügen. Sein Körper war schweißüberströmt. Soweit es ihm innerhalb des Getümmels möglich war, versuchte er die Puppen mit dem Säbel zu treffen. Aber die Schneide prallte an den Parasiten ab. In der Schleusenkammer brachten sie Borghese zum Stehen. Mindestens fünfzehn bis zwanzig Männer umringten ihn. Borghese fühlte, daß sein Waffenarm allmählich erlahmte. Inzwischen schienen die Puppen erkannt zu haben, daß der Mann mit dem Säbel eine Gefahr für ihre Wirtskörper bildete. Sie setzten die Kolonisten jetzt vorsichtiger ein. Von einem Rudel stumpfsinnig vor sich hinstarrender Männer umkreist, kämpfte sich Borghese einen Weg in den Hauptgang frei. Mehrfach hatten seine Widersacher schon Puppen gegen ihn gedrückt, aber er schien, ebenso wie Kersh, immun gegen sie zu sein.

Borghese hielt sich dicht an der Wand, um wenigstens vor Angriffen von einer Seite gedeckt zu sein. Er wußte, daß er zu langsam vorwärts kam. Er würde erschöpft sein, bis er in Kershs Nähe gelangte. Nun machte er sich bittere Vorwürfe, daß er den Jungen nicht in Folleys Haus zurückgelassen hatte. Vielleicht war Kersh nicht mehr unter den Lebenden. Steller wußte auch über den Jungen Bescheid, und jetzt wußten es mit Sicherheit auch die übrigen Befallenen.

Der Gedanke an seinen Sohn verlieh Borghese neue Kräfte. Ununterbrochen wirbelte er den Säbel durch die Luft. Er wünschte, daß die Angreifer geschrien hätten, aber sie blieben stumm. Ihr eigene Sicherheit mißachtend, stießen sie immer wieder gegen ihn vor.

Borgheses Zunge fuhr über trockene Lippen. Was hatte er schon zu verlieren? Elena? Er hatte sie nie richtig besessen. Nur der Junge, sein Sohn, erschien ihm den Einsatz wert. Er konnte sich vorstellen, daß Kersh seinen Fähigkeiten ebenso hilflos gegenüberstand wie er, als er zum erstenmal davon Gebrauch gemacht hatte.

Borghese strauchelte und kam zu Fall. Seine Hand, die an der Wand nach Halt suchte, glitt an der glatten Oberfläche ab.

»Kersh!« schrie Borghese verzweifelt.

Zu fünft fielen sie über ihn her. Er warf sich auf den Rücken und stach mit dem Säbel blindlings in die Höhe. Das verschaffte ihm Luft. Er trat um sich, als sie sich an seine Beine klammerten, er riß sie zu Boden, als sie sich an seinen Armen festhielten. Er kämpfte wie ein wildes Tier, das man in die Enge getrieben hatte. Der Gang wimmelte jetzt von Kolonisten. Irgendwie gelang es ihm, wieder auf die Beine zu kommen. Er sprang gegen die Mauer von Körpern an, die sich vor ihm bildete. Alles dauerte nur Sekunden, obwohl es ihm schien, als seien seit seinem Eindringen in das Schiff bereits Ewigkeiten verstrichen.

Als er zum zweitenmal fiel, stand er nicht wieder auf. Zu viele Männer hielten ihn fest. Sie entwanden ihm den Säbel und rissen die Puppe von seinen Kleidern. Während ihn sechs Kolonisten festhielten, untersuchte ein alter Mann, den Borghese nicht kannte, die Imitation.

»Er hat diese Puppe selbst gemacht, um uns zu täuschen«, erklärte der Alte schließlich. »Bringt diesem Körper eine echte Puppe.«

Wenige Minuten später beugte sich ein Mann zu ihm hinab und legte eine Puppe auf seine Brust. Borghese atmete heftig. Er fühlte, daß etwas über seine Haut tastete und sich dann wieder zurückzog. Der alte Mann nahm die Puppe wieder weg. Seine Augen blieben teilnahmslos. Sie zeigten keine Überraschung.

»Er ist gefährlich«, stellte er lakonisch fest. »Sein Körper läßt sich nicht als Träger der Macht verwenden.«

»Nein!« stieß Borghese hervor. »Mich werdet ihr nicht bekommen.«

»Tötet ihn«, sagte Clyde Purcell und wandte sich ab.

»Ich... ich hätte dich beinahe umgebracht«, sagte Rhodan mühevoll. Er richtete sich auf und erblickte Kershs Puppe.

»Sie ist nicht echt«, sagte Kersh sofort, als er der Richtung von Rhodans Blick folgte. »Ich bin immun gegen sie.«

Rhodan schaute sich um. Seine Stirn legte sich in Falten, als müsse er scharf nachdenken. Kersh packte ihn am Arm.

»Auf dem Landeplatz ist Brent Borghese«, sprudelte Kersh hervor. »Er ist auf unserer Seite. Ich glaube jedoch, daß sie ihn erwischt haben.«

Rhodan stand endgültig auf. Er fühlte sich noch unsicher auf den Beinen, aber aus dem Benehmen des Jungen war zu schließen, daß sie nicht viel Zeit hatten. Allmählich kehrte seine Erinnerung zurück.

»Sie brauchen wieder eine Puppe«, stellte Kersh fest. »Ohne dieses Ding kommen Sie niemals aus dem Schiff.« Seine Blicke irrten über die Zentrale. Dann entdeckte er Rhodans Puppe, die er weggeworfen hatte. Sie kroch langsam über den Boden. Kersh rannte auf sie zu und hob sie auf. Sofort versuchte sie, mit ihm in Kontakt zu kommen, aber als sie merkte, daß er nicht ansprach, zog sie sich durch die Augen zurück. Hastig band Kersh sie am Gürtel fest. Die von Borghese hergestellte Imitation löste er und übergab sie Rhodan. Sekunden später waren beide – was das Tragen von Parasiten betraf – vor jedem Verdacht sicher.

»Wenn sie uns aufhalten, müssen Sie irgendeine Ausrede erfinden«, erklärte Kersh.

Rhodan nickte nur. Er fühlte sich noch stark geschwächt. Der Zellaktivator half ihm jedoch schneller über den Anfall hinweg. Rhodan wußte, daß im Augenblick keine Zeit zum Überlegen war. Er mußte mit dem Jungen das Schiff verlassen.

Sie traten aus der Zentrale in den Hauptgang hinaus. Kersh unterdrückte nur mit Mühe einen Entsetzensschrei, als er sah, was dort vor sich ging. Sechs Männer hielten Brent Borghese am Boden fest. Ein siebter – es war Dilian – umklammerte Borgheses Säbel und machte Anstalten, den Einsiedler zu töten.

»Das ist Borghese«, flüsterte Kersh mit bebenden Lippen. »Wir müssen ihm helfen.«

Dilian holte mit dem Säbel weit aus. Schweigend blickten die Kolonisten auf die schaurige Szene.

»Hört auf!« sagte Rhodan gelassen.

Dilian ließ den Säbel sinken und schaute sich um. Die düsteren Augen schienen Kersh durchdringen zu wollen. Borghese bewegte sich unruhig. Er konnte nicht sehen, was im Gang vorging, aber er schien zu ahnen, daß er einen Aufschub erhalten hatte. Vorsichtig folgte Kersh Rhodan, der mit aufreizender Langsamkeit auf den Schauplatz zuging.

Neben Dilian blieb er stehen und nahm dem Mann den Säbel aus den Händen.

»Er soll getötet werden«, sagte Dilian gleichmütig. »Er eignet sich nicht als Träger der Macht.«

»Wir müssen ihn untersuchen«, sagte Rhodan. »Das Urteil darf erst später vollstreckt werden.«

Kersh drängte sich an den Männern vorbei, bis er dicht bei Borghese stand. Der Einsiedler schlug die Augen auf und starrte zu ihm empor. Kersh glaubte die unsägliche Erleichterung zu spüren, die Borghese bei seinem Anblick zu empfinden schien.

»Laßt ihn los!« befahl Rhodan. »Ich bringe ihn in die Stadt, wo wir ihn einsperren können.«

»Der Körper ist gefährlich und stark«, sagte der Alte, den Kersh bereits in der Zentrale gesehen hatte.

»Ich habe seine Waffe«, sagte Rhodan. »Auch mein Träger ist stark. Er kann den anderen leicht besiegen.«

»Laßt den unbrauchbaren Körper los«, befahl nun auch der Alte.

Mit brennenden Augen beobachtete Kersh, wie die sechs Kolonisten von Borghese abließen. Borghese schüttelte den Kopf und richtete sich langsam auf.

»Umdrehen«, ordnete Rhodan an.

Kersh spürte die Veränderung, die mit dem Terraner vorgegangen war, nachdem er ihn von der Puppe befreit hatte. Seine Stimme klang freier, und die Augen sprühten vor Lebendigkeit. Seine Bewegungen wirkten kontrolliert und kraftvoll. Obwohl er betont gleichgültig sprach, schwang Autorität in seiner Stimme mit.

Borghese drehte sich ohne Widerstand um.

»Los!« sagte Rhodan knapp.

Sie gingen an den Kolonisten vorbei. Kersh erwartete jeden Augenblick, daß man ihn anhalten würde. Doch er konnte Rhodan und Borghese ungehindert folgen. Auf diese Weise gelangten sie bis in die Schleusenkammer. Dort hatte sich eine Gruppe von Kolonisten versammelt. Kersh erkannte Steller unter ihnen.

Er wollte Rhodan warnen, doch es war bereits zu spät. Steller löste sich aus der Menge und deutete dabei auf Kersh.

»Der Junge«, sagte er stereotyp. »Der Junge.«

Borghese brüllte auf und sprang mit einem gewaltigen Satz in die Gruppe hinein. Kersh sah, daß Rhodan wie eine Feder vorschnellte und die Kolonisten angriff. So schnell er konnte, schlüpfte er durch die entstehende Lücke und rannte den Landesteg hinab. Auf dem Landeplatz hielten sich weitere Puppenträger auf, aber sie wußten offenbar nicht, wie sie reagieren sollten. Kersh änderte seine Richtung und hielt auf die Fahrzeuge zu. Als er zur Schleuse des Schiffes hinaufblickte, sah er den riesenhaften Borghese, der unter jedem Arm einen Kolonisten umklammert hielt. Rhodan war dicht neben ihm. Er handhabte den Säbel mit der Präzision einer Maschine. Borghese stieß die Köpfe der beiden Angreifer zusammen und ließ sie fallen. Sie überschlugen sich dreimal, bevor sie auf dem Landesteg liegen blieben.

Kersh zwängte sich zwischen zwei Wagen, so daß ihn

keiner der Arbeiter sehen konnte. Rhodan und Borghese kamen jetzt schnell den Steg herunter. Sie wurden von einem Schwarm Kolonisten verfolgt.

Kersh rannte bis zum Führersitz des Wagens und schwang sich hinein. Er ließ den Motor anspringen. Die Bedienung der Fahrzeuge war einfach. Kersh hatte sich oft heimlich mit den Wagen der Kolonisten beschäftigt. Er schaute durch das Rückfenster. Die Kolonisten auf dem Landeplatz zogen sich zusammen, um Rhodan und Borghese den Weg abzuschneiden. Kersh löste die Bremsen und fuhr an. Er war ein ungeübter Fahrer. Der Wagen ruckte in kurzen Sprüngen vorwärts. Mit verbissenem Gesicht umklammerte Kersh das viel zu große Steuer. Es gelang ihm, das Fahrzeug zu wenden. Er hörte, wie die Kisten von der unverschlossenen Ladepritsche stürzten, doch das war ihm gleichgültig. Mit einem Druck ließ er die Seitenfenster herunter. Die Kolonisten unterhalb des Schiffes bildeten einen Ring um den Landesteg. Kersh erhöhte das Tempo und steuerte auf die Ansammlung der Befallenen zu. Obwohl er Warnsignale gab, achteten sie nicht auf ihn.

Durch die Frontfenster sah er sie immer näher auf sich zukommen. Wie eine unüberwindliche Mauer aus Metall ragte das Raumschiff dahinter auf. Der Motor heulte und dröhnte. Polternd fielen die Kisten durcheinander.

Der Wagen raste auf den Landesteg zu. Kersh begann zu schwitzen. Mit unsicheren Füßen fand er die Bremse. Er brachte es einfach nicht fertig, den schweren Wagen in die Menschenmenge zu fahren. Das waren alles Männer aus der Kolonie, die mit ihm zusammen in einer Stadt lebten. Wenn sie auch jetzt von den Parasiten beherrscht wurden, blieben sie doch Menschen.

Kersh verlangsamte das Tempo. Die Menge teilte sich vor dem Wagen und gab Kersh den Blick auf den Landesteg frei. Borghese und Rhodan kämpften sich Seite an Seite auf den Landeplatz herunter. Unbewußt warf Kersh einen Blick zurück. Entsetzt sah er, daß sich mehrere Kolonisten auf die Ladefläche des Wagens schwangen. Sie rissen Kistendeckel ab und drangen damit auf das Rückfenster ein. Ihre Absicht war für Kersh leicht zu erkennen. Sie wollten das Fenster einschlagen und ihn überwältigen.

Kersh beschleunigte das Fahrzeug. Der Motor heulte auf. Die Männer auf der Ladefläche schwankten und mußten sich festhalten. Vor Kersh war die breite Auffahrt des Landesteges. Er riß den Wagen herum, aber es war zu spät. Die doppelten Hinterräder blieben an der seitlichen Befestigung hängen. Mit einem Ruck kam der Wagen zum Stehen. Kersh wurde fast vom Fahrersitz geschleudert. Die Männer auf der Pritsche stürzten und fielen zum Teil vom Fahrzeug. Der Motor dröhnte vor Überbeanspruchung. Seine Kraft brachte die Befestigung zum Wanken. Der gesamte Landesteg begann wie eine Riesenschlange zu pendeln. Als seien sie einer Sturmböe ausgesetzt, taumelten die Männer durcheinander. Auch Rhodan und Borghese verloren den Halt. Borghese rutschte seitwärts vom Steg und konnte nur durch einen verzweifelten Sprung verhindern, von der Befestigung aufgespießt zu werden. Kershs Knöchel wurden weiß, so umklammerte er das Steuer.

Wie in Trance legte er schließlich den Rückwärtsgang ein. Die Räder hatten sich jedoch so verklemmt, daß sie den Steg mitschoben, als der schwere Wagen zurückglitt. Der Landesteg bog sich durch, als sei er aus Pappe. Ein Knäuel von Männern torkelte gegen die Seite des Fahrzeuges. Kersh hörte, wie das Rückfenster zersplitterte. Ein Glasregen ergoß sich über ihn. Vor Schreck würgte er den Motor ab. Es gab einen Ruck. Der Landesteg vibrierte so heftig, daß Kersh zu befürchten begann, die Vibration würde sich auf das mächtige Raumschiff übertragen.

Ein Mann zwängte sich durch das geborstene Rückfenster und griff nach ihm. Kersh warf sich gegen die Tür und riß sie auf. Er sah Borghese, der wie ein riesiger Affe auf der Befestigung herumturnte und verzweifelt um sein Gleichgewicht kämpfte.

Kersh sprang hinaus. Überall wimmelte es von Kolonisten, die offensichtlich nicht genau wußten, was sie nun unternehmen sollten. Kersh sah, daß auch Uniformierte unter ihnen waren. Geduckt rannte er zum nächsten Wagen.

Plötzlich war Perry Rhodan an seiner Seite. Der Großadministrator hielt Borgheses riesigen Säbel in den Händen.

»Zum Wagen!« rief Rhodan.

Kersh blickte zurück. Die Verfolger waren ihnen dicht auf den Fersen. Um die Befestigung, auf der der unglückliche Borghese sich festhielt, hatte sich eine Gruppe von Männern versammelt, die nur zu warten brauchten, bis der Einsiedler den Halt verlor oder freiwillig herunter kam. Rhodan sprang in den Wagen. Kersh packte den Rand der Pritsche und zog sich hinauf. Er hörte den Motor aufbrüllen. Die Verfolger wichen zurück. In einer engen Kurve drehte Rhodan den Transporter und steuerte auf den Landesteg zu. Kersh erkannte, daß er genau auf Borghese zuhielt. Da wußte er, was Rhodan vorhatte.

Mit beiden Händen hielt sich Kersh am Gitter hinter der Fahrerkanzel fest. Wie Schatten huschten die Kolonisten vorüber. Geduckt hockte Rhodan hinter dem Steuer. Borghese begann laut zu schreien. Die Menge unter der Befestigung verteilte sich. Rhodan bremste direkt unter Borghese. Kersh wurde fast über die Kanzel geschleudert. Borghese sprang auf die Pritsche und schrie: »Los! Fahren Sie los!«

Dann ließ er sich einfach fallen und kroch bis neben Kersh. Die kalte Zugluft schnitt Kersh ins Gesicht. Seine Haare wurden durcheinandergewirbelt. Der Wagen machte einen Satz nach vorn. Mit den Füßen stieß Borghese zwei Männer der Schiffsbesatzung zurück, die aufspringen wollten.

Von der anderen Seite drang Motorenlärm an Kershs Ohren. Die Puppenträger machten zwei andere Fahrzeuge zur Verfolgung bereit. Mit wahnsinniger Geschwindigkeit raste der gestohlene Wagen über das Landefeld. Kersh starrte zu den Sperren. Dort mußte Rhodan zwangsläufig anhalten. Borgheses Bart flatterte im Wind. In seinem Gesicht lag der Ausdruck tiefer Befriedigung.

»Festhalten!« schrie Rhodan durch das offene Fenster.

Neben dem Raumschiff kamen die übrigen Wagen in Fahrt.

Auf ihren Ladepritschen wimmelte es von Männern. Die Sperre kam rasch näher. Rhodan hielt direkt darauf zu. Die Schnauze des Fahrzeuges bohrte sich in die Metallstangen, riß sie aus den Verankerungen und bog sie auseinander. Einen kurzen Augenblick schwebten die Antriebsräder des Transporters frei in der Luft, dann lasteten sie mit vollem Gewicht wieder auf dem Boden. Wie Strohhalme flogen die Absperrungen auseinander. Borghese stieß ein Triumphgeheul aus und schüttelte drohend die Faust in Richtung der Verfolger.

Kersh fühlte, wie alle Anspannung und Angst von ihm abfielen. Erschöpfung und Müdigkeit nahmen von ihm Besitz. Als ahnte er, was in dem Jungen vorging, zog Borghese ihn auf die Ladefläche herunter. In seinem verwitterten Gesicht lag ein schwaches Lächeln. Kersh fühlte sich vollkommen ausgepumpt. Von einem Moment zum anderen war ihm alles gleichgültig. Er hätte sich noch nicht einmal gewehrt, wenn die Verfolger sie eingeholt hätten.

Wie ein großes schwarzes Phantom raste der Wagen durch die Hauptstraße der Stadt.

7.

Sein Bewußtsein schien aus den Tiefen eines bösen Traumes hervorzugleiten, hinein in Helligkeit und in die Sicherheit des Wachseins. Aber alles, was er erlebt hatte, war kein Traum.

Er saß am Steuer eines Transporters, wie sie in den Kolonien der Erde benutzt wurden. Auf der Ladefläche hielten sich seine Befreier auf: ein riesiger, bärtiger Mann, der wie ein Wikinger aussah und einen Säbel besaß, für den jedes terranische Museum Fantasiepreise gezahlt hätte, und ein häßlicher, viel zu dürrer Junge, den irgendein Geheimnis umgab. Und eine halbe Meile von hier entfernt stand die ALAMO auf dem Landeplatz von Quentins Planet, beherrscht von Menschen, die keinen eigenen Willen mehr besaßen.

Perry Rhodan besaß nichts als diese traumhafte Erinnerung an die Zeit, während er von einer der Puppen gelenkt worden war. Und das war gut so. Das Grauen durfte nicht bis in sein Bewußtsein vordringen. Rhodan wußte, was inzwischen vorgefallen war, aber er wußte nichts über den Parasiten, der ihn beherrscht hatte. Denn während des bösen Traumes war es ihm immer so vorgekommen, als hätte *er* entschieden. Nur eine entsetzliche Ahnung an etwas anderes war geblieben, wie ein schlechter Nachgeschmack.

Rhodan sagte sich, daß die Puppen nur Werkzeuge der eigentlichen Invasoren darstellten. Aber wer waren diese Invasoren? Wie hielten sie die Verbindung zu ihren gefährlichen Sendboten aufrecht?

Es schien, als reiche eine Berührung mit einer Puppe aus, um ihr zu verfallen. Märchen fielen ihm ein, die auf Terra über Puppen erzählt wurden. In Religionen, Sagen und Legenden spielten Puppen eine große Rolle. Bedeutete das, daß irgendwann in der Vergangenheit die Erde schon einmal von einer Invasion heimgesucht worden war? Die wildesten Puppengeschichten fielen ihm ein. Er erinnerte sich an die Puppen mit den lebenden Augen, an die, die von der Seele eines Menschen belebt wurden. Im Laufe der Jahrtausende jedoch waren Puppen zu einem Spielzeug geworden.

Rhodan fragte sich, weshalb die beiden Kolonisten hinten auf dem Wagen immun gegen die Kraft der Puppen waren. Er war überzeugt davon, daß es die Puppen verstanden, einen Wirtskörper durch Ausschaltung des Bewußtseins zu beherrschen. Das konnte nur auf geistiger, wenn nicht gar parapsychologischer Basis geschehen.

Irgendwo in der Galaxis lebten die Eroberer, die diese Puppen als Vorboten und Wegbereiter ausschickten. Zwar würden in wenigen Tagen die Nachforschungen nach dem Verbleib der ALAMO beginnen, aber wie sollte man unter Tausenden von Sonnensystemen ausgerechnet jenes finden, wo man das Schiff festhielt.

Reginald Bull, Rhodans Stellvertreter, und Solarmarschall Julian Tifflor würden alle Hebel in Bewegung setzen, um ihn, den Großadministrator, aufzuspüren. Atlan, der Arkonide, würde die Agenten der United Stars Organization, kurz USO genannt, losschicken, um nach ihm zu suchen. Auch Allan D. Mercant würde mit der Abwehr nichts unversucht lassen. Aber selbst diese gigantischen Organisationen standen in den meisten Fällen der unermeßlichen Ausdehnung der Milchstraße hilflos gegenüber.

Sicher, auf Tammat gab es eine Spur, aber sie brach dort ab. Inzwischen hatten die befallenen Kolonisten im Ganter-System bestimmt einen Funkspruch nach Terra gesandt und Rhodans Abflug angekündigt. Dadurch gewannen sie wertvolle Zeit. Niemand auf der Erde würde Verdacht schöpfen. Selbst bei der Landung weiterer terranischer Schiffe auf Tammat genügte es, wenn die Kolonisten übereinstimmend berichteten, daß Perry Rhodan ihre Welt mit der ALAMO längst verlassen hatte. Damit würden sie noch nicht einmal die Unwahrheit sprechen.

Und die Puppen?

Rhodan erinnerte sich, wie er mit Leutnant Kalmat der Feier beigewohnt hatte. Obwohl ihm alles seltsam erschienen war, hatte er erst in Purcells Haus Verdacht geschöpft. Jede Untersuchung auf Tammat mußte sich zunächst als Schlag ins Wasser erweisen. Erst später, wenn man überall erfolglos gesucht hatte, würden die terranischen Schiffe nach Tammat zurückkehren und erneut nach Spuren suchen. Doch dann war die Ausbreitung der Puppen wahrscheinlich schon nicht mehr aufzuhalten.

Rhodan starrte in den Rückspiegel. Die Straße lag verlassen hinter ihm. In wenigen Sekunden würde sich dieses Bild ändern. Die Kolonisten hatten mehrere Wagen zur Verfolgung bereit gemacht.

Als Rhodan die letzten Häuser erreicht hatte, bremste er ab und öffnete die Tür.

Der bärtige Riese schwang sich zu ihm herein. Er zog den Jungen mit sich auf den Sitz. Rhodan zwängte sich an ihm vorbei.

»Fahren Sie«, sagte er. »Ich kenne mich hier nicht aus.«

Borghese nickte. Rhodan lächelte dem Jungen zu. Das Fahrzeug ruckte an. Innerhalb weniger Sekunden hatte Borghese auf Höchstgeschwindigkeit beschleunigt. Die Straße führte in einem weiten Bogen aus der Stadt hinaus. Riesige Felder mit Quang-Früchten wurden sichtbar. Das silberne Band des Flusses wand sich gleich einer Metallader hindurch. Überall waren Temperaturspeicher aufgestellt, die die Ernte während der kühlen Nächte schützen sollte.

Von allen Seiten führten Rohrleitungen in die Felder, die in regelmäßigen Abständen bewässert wurden. Hinter den Feldern schloß sich ein ausgedehnter Wald an, der bis zu den Bergen zu reichen schien, die am Horizont in milchigen Dunst gehüllt waren.

Kersh blickte durch das Rückfenster. Er rüttelte Rhodan am Arm und wies stumm nach hinten. Rhodan schaute zurück. Er sah zwei Transporter, auf diese Entfernung wie Spielzeuge aussehend, über die Hauptstraße rasen.

Borghese erhöhte das Tempo. Sie erreichten das Ende der befestigten Straße. Rumpelnd sank der Wagen in die ausgefahrenen Spuren des sich anschließenden Feldweges. Die drei Männer wurden auf dem Sitz durchgeschüttelt. Sand wirbelte auf und bildete eine Staubfahne hinter ihnen. Borghese fuhr wie ein Teufel. Je weiter sie sich von der Stadt entfernten, desto schlechter wurde die Straße. Der Wagen hüpfte und schlingerte, wenn Borghese ihn in eine Kurve hineinschießen ließ.

Die Verfolger waren nicht mehr zu sehen. Rhodan glaubte jedoch nicht, daß sie aufgegeben hatten. Der aufgewühlte Staub bildete einen deutlichen Hinweis für die Puppenträger. Der Weg führte am Fluß vorbei.

»Wir müssen auf die andere Seite!« rief Rhodan über den Lärm hinweg.

Borghese nickte grimmig. »Der Fluß ist hier zu tief. Weiter vorn gibt es eine Furt, wo wir mit dem Wagen hinüberkommen.«

Rhodan blickte zweifelnd zum anderen Ufer hinüber. Gab es dort einen Weg, den sie befahren konnten? Die Bäume schienen so dicht nebeneinander zu wachsen, daß ein Durchkommen mit dem Transporter unmöglich erschien.

»Warum lassen wir den Wagen nicht zurück?« schrie er Borghese zu.

Der Riese nickte zur tiefstehenden Sonne. »Wollen Sie heute nacht erfrieren? Wir schaffen es nicht mehr bis zu meiner Waldhütte.«

»Aber man wird das Auto finden«, wandte Rhodan ein.

»Keine Sorge«, gab Borghese zurück. »So gut wie ich kennt sich im Wald niemand aus.«

Der Fluß machte einen Bogen. Der Weg wurde steinig. Längst hatten sie die Quang-Felder hinter sich gelassen. An den Böschungen wuchsen dunkle Pflanzen. Rhodan sah, daß an allen Stellen, wo das Wasser nicht schnell durchfließen konnte, dünne Eiskrusten am Ufer klebten. Das Wasser sah klar aus. Langhalsige Tiere schwammen darauf herum, die vor dem Dröhnen des Motors flüchteten. Immer wieder warf Borghese besorgte Blicke zu dem Jungen herüber.

»Warum sind Sie immun gegen die Puppen?« erkundigte sich Rhodan.

Borghese starrte geradeaus. Rhodan sah seine Backenmuskeln spielen. Das Thema schien ihm unangenehm zu sein.

»Sie werden es doch erfahren«, sagte er schließlich. »Der Junge und ich sind Mutanten.«

Rhodan schaute ihn skeptisch an. Borghese schien diesen Blick zu fühlen.

»Schauen Sie auf meine Hand«, knurrte er.

Sekunden später wuchsen Borgheses Finger aneinander fest. Seine Hand wurde zu einer einzigen Fläche.

»Der Junge kann es auch«, sagte Borghese.

Rhodan wandte sich nach Kersh um, doch dieser war in der Ecke zusammengesunken und schlief. Er sah blaß und hohläugig aus.

»Können Sie mit dieser Fähigkeit auch auf andere Personen einwirken?« erkundigte sich Rhodan.

»Ich habe es nie ernsthaft versucht«, sagte Borghese. »Aber

ich bin überzeugt davon, daß es nur an unseren eigenen Körpern funktioniert.«

Rhodan wurde hin- und hergeschleudert, als der Wagen durch eine Reihe von Löchern schaukelte. Er hatte schon immer damit gerechnet, daß auch auf den Kolonialplaneten das Auftauchen von Mutanten möglich war. Nun sah er den Beweis. Rhodan war Menschenkenner genug, um zu bemerken, daß Borghese zurückgezogen von der Kolonie lebte. Wahrscheinlich wußte niemand von seinen Fähigkeiten.

»Wie sind der Junge und Sie zusammengekommen?« wollte er wissen.

»Er ist mein Sohn«, erklärte Borghese. »Aber wir haben uns erst heute durch einen Zufall getroffen.«

Seinem Ton war anzuhören, daß er nicht länger darüber sprechen wollte. Rhodan versank in tiefe Nachdenklichkeit, während er auf dem Sitz ständig durchgeschüttelt wurde. Der Junge stöhnte im Schlaf. Schwere Träume schienen ihn zu plagen.

»Festhalten!« rief Borghese. »Wir sind an der Furt angekommen.«

Rhodan drückte sich gegen Kersh und klammerte sich mit beiden Händen an die Tür. Durch das Rückfenster erkannte er zwei Staubfahnen über den weit zurückliegenden Quang-Feldern. Die Verfolger hatten noch nicht aufgegeben. Borghese steuerte den Transporter auf den Fluß zu.

»Langsamer!« schrie Rhodan. »Das ist kein Schiff.«

In halsbrecherischem Tempo rollte der Wagen die Böschung hinab. Die mächtigen Räder rissen Sand und Geröll mit sich. Jetzt erkannte Rhodan, warum der Kolonist die Geschwindigkeit nicht gedrosselt hatte. Sie wären unweigerlich steckengeblieben. Die Vorderräder drückten sich in den Schlamm am Ufer. Wasser spritzte gegen die Frontscheibe. Der Motor heulte auf. Die Rückfront des Transporters rutschte seitlich weg und platschte in den Fluß. Das Steuer wurde Borghese für den Bruchteil einer Sekunde aus den Händen gerissen, dann schob sich der Wagen in den Fluß hinein. Der aufgewühlte Grund färbte das klare Wasser dunkel. Schwärme langhalsiger Tiere ruderten blitzschnell zum rettenden Ufer oder tauchten einfach unter.

Gleich einem fossilen Wasserbewohner drang das Fahrzeug vor. Sein stumpfer Bug teilte das Wasser. In der Mitte der Furt gab es kleinere Stromschnellen, doch sie konnten das schwere Fahrzeug nicht aufhalten. Die Ladepritsche versank fast unter Wasser. Ringsum sprudelte und blubberte der Fluß.

Dann rammten sie einen im Wasser liegenden Stein. Krachend blieb der Transporter stehen. Die Räder drehten durch. Der Lärm wurde ohrenbetäubend. Kersh erwachte und blickte sich ängstlich um.

Borghese legte den Rückwärtsgang ein, aber die Räder hatten sich festgefahren. Auf dem schlammigen Untergrund fanden sie keinen Halt.

»Es sieht so aus, als säßen wir fest!« schrie Rhodan über den Lärm hinweg.

Borghese nickte nur und sprang aus dem Wagen. Er watete durch das eiskalte Wasser. Rhodan sah ihn vor dem Frontfenster auftauchen.

»Die Winde!« hörte ihn Rhodan rufen.

Rhodan untersuchte das Armaturenbrett. Kershs Finger kamen ihm zuvor. Er drückte eine Taste. Gleich darauf zerrte Borghese eine Stahlschlinge durchs Wasser. Rhodan verließ seinen Platz und kletterte aus dem Wagen. Das Wasser war eiskalt. Mit zusammengebissenen Zähnen arbeitete er sich zu dem schlammverspritzten Borghese vor.

Kershs Gesicht preßte sich gegen das Fenster. Er glich eher einem Gespenst als einem Jungen.

»Hier herüber«, brummte Borghese. Mit vereinten Kräften schlangen sie das Stahlseil um den Stein.

»Hoffentlich rutscht es nicht ab«, wünschte Borghese.

Sie gaben Kersh ein Zeichen. Die Winde ruckte an. Für Rhodan waren solche Methoden primitiv, aber es war unmöglich, alle Kolonien mit Antigravhebern auszurüsten. Für die Erschließung unbekannter Welten hatten sich diese Vielzweckfahrzeuge immer wieder als vorteilhaft erwiesen. Die Roboter konnten nicht überall zugleich sein. Außerdem hob es die Moral der Kolonisten, wenn ihnen nicht alle Arbeiten von den Maschinen abgenommen wurden.

Der Stein erschien über der Oberfläche. Das Wasser hatte ihn glatt und rund geschliffen.

»Es klappt«, triumphierte Borghese, als der Stein fast völlig aus dem Wasser war. Da begann sich der Transporter nach vorn zu neigen. Rhodan begriff sofort, was geschehen war. Der Wagen senkte sich durch das zusätzliche Gewicht des Steines in das Loch, in dem der Brocken gesteckt hatte. Der weiche Untergrund gab nach.

»Rückwärtsgang!« schrie Borghese dem Jungen zu.

Sie sahen, daß Kersh auf dem Sitz einen Satz machte. Der Motor begann zu dröhnen. Aber die Erschütterung schien den Transporter nur noch schneller in die Tiefe zu treiben. Borghese warf sich gegen die Vorderfront des Wagens. Er stand bis zu den Hüften im Wasser. Blasen stiegen auf. Der Kippwinkel vergrößerte sich, und der Stein rutschte wieder aus der Schlinge. Borghese wurde davongeschleudert und ging unter. Zappelnd kam er wieder hoch.

Das Vorderteil des Fahrzeuges stand nun völlig unter Wasser. Der Stein lag schräg davor. Es war unmöglich, den Wagen zu befreien. Borghese war völlig durchnäßt. Bei dem Eiswasser konnte das seinen Tod bedeuten. Hastig watete Rhodan zum Einstieg. Mit aufgerissenen Augen starrte ihn Kersh an.

»Wir müssen weiter«, sagte Rhodan ruhig. »Komm heraus und klettere auf meine Schultern.«

Obwohl der Junge ziemlich groß war, besaß er nur ein geringes Körpergewicht. Rhodan packte ihn an den Beinen und trug ihn langsam vom Wagen hinweg. Borghese stand mit hängenden Schultern da. Langsam holte er seinen Säbel aus dem Fahrzeug und folgte Rhodan. Rhodan fühlte, daß die Kälte allmählich an seinen Beinen hochkroch. Innerhalb weniger Minuten hatten sie den Fluß überquert. Borghese zitterte am ganzen Körper. Er rannte das Ufer entlang und versuchte sich warmzulaufen. Rhodan setzte Kersh auf die Erde.

Der Transporter war noch ein Stück tiefer gesunken.

Gerade als die Flüchtlinge zwischen den ersten Bäumen verschwanden, tauchten die Wagen der Verfolger am Ufer auf. Rhodan zog seine Jacke aus und gab sie Borghese. Der Kolonist wollte protestieren, doch Rhodan bestand darauf, daß er sie überzog.

»Tote Verbündete helfen mir nicht«, erklärte er ruhig.

Borghese lachte grimmig. Mit seinen langen Armen klopfte er gegen Brust und Rücken, um die Durchblutung zu fördern.

Zwischen den Bäumen hindurch konnten sie beobachten, wie die Befallenen aus den Wagen kletterten. In den für sie typischen Bewegungen nahmen sie am Ufer Aufstellung.

Rhodan erkannte bedrückt, daß Anglesy und Kalmat dabei waren. Er konnte die beiden Offiziere nicht verantwortlich machen. Sie wußten nicht, was sie überhaupt taten – ebenso wie er es nicht gewußt hatte, solange die Puppe seinen Körper berührt hatte. Borgheses Augen glitzerten vor unterdrückter Wut.

»Glauben Sie, daß sie über den Fluß kommen?« erkundigte sich Rhodan.

»Ich hoffe, daß sie es nicht tun«, gab Borghese zurück. »Sie haben zwar keine Chance, uns zu finden, aber wir hätten dann keinen Unterschlupf für die Nacht.« Er blickte an seinen nassen Kleidern herunter. »Für mich wäre es das sichere Ende«, sagte er.

Zwei der Verfolger drangen in den Fluß vor. Die anderen blieben zurück. Die beiden Puppenträger gingen bis zum Transporter und untersuchten ihn. Nach einer Weile kehrten sie ans andere Ufer zurück. Gespannt beobachteten die drei Flüchtlinge, was nun geschehen würde.

Die Befallenen stiegen in die Wagen. Rhodan glaubte schon, daß sie ebenfalls den Versuch machen wollten, den Fluß zu überqueren, doch dann wendeten die schweren Transporter und fuhren in Richtung der Stadt davon.

Borghese atmete hörbar auf.

»Sie halten uns für verloren«, sagte er. »Fenton war bei ihnen. Er weiß, daß meine Waldhütte so weit entfernt ist, daß wir sie erst nach Einbruch der Nacht erreichen können.«

»Wer ist Fenton?« fragte Rhodan.

»Der Bürgermeister«, erwiderte Borghese, »aber Sie hätten besser gefragt, wer *war* Fenton, denn jetzt ist er nichts weiter als der Sklave dieser verdammten Puppe an seiner Brust.«

»Es wird gefährlich sein, die Nacht im Wagen zuzubringen«, sagte Rhodan. »Die Bande könnte überraschend zurückkommen.«

Borghese starrte ausdruckslos auf das Wasser. Er stützte sich schwer auf den alten Säbel.

»Sicher«, gab er zu. »Aber weitaus gefährlicher ist eine Nacht im Freien, ohne ausreichenden Schutz.«

Rhodan blickte auf den völlig erschöpften Jungen. Sie konnten ihm keinen Gewaltmarsch zu Borgheses Hütte zumuten. Damit war er überstimmt. Sie würden mitten im Fluß übernachten.

»Wir warten, bis es dunkel wird«, entschied Borghese. »Dann gehen wir zum Wagen zurück und halten uns während der Nacht darin auf. Ich hoffe nur, daß die Heizung noch funktioniert.«

Rhodan starrte zum anderen Ufer hinüber. Dort drüben lag die Kolonie. Sie war in den Händen des Feindes. Aber wer war dieser Feind? Woher kam er? Gab es überhaupt eine Chance, ihn mit Hilfe eines Einsiedlers und eines halbwüchsigen Jungen zu schlagen?

Rhodan wußte, daß die ALAMO dazu vorgesehen war, unzählige Puppen auf andere Planeten zu bringen. Eines der ersten Ziele der Puppen war die Erde. Rhodan zweifelte keinen Augenblick daran, daß das Schiff auch ohne ihn in den Raum starten würde. Wilken, Anglesy, Kalmat und die anderen würden die ALAMO nach den Wünschen der Puppen fliegen.

Sie waren auf sich allein gestellt. Weder von den Kolonisten, noch aus dem Weltraum war Hilfe zu erwarten. Es blieb ihnen nicht viel Zeit zum Handeln.

Rhodan überlegte, wie sie es möglich machen konnten, den größten Teil der Besatzung des Schiffes von den Puppen zu befreien. Wenn es ihnen gelang, ihre kleine Gruppe zu verstärken, dann konnten sie hoffen. Vor allem die Raumfahrer mußten ihrer Puppen entledigt werden. Die Kolonisten waren nicht fähig, die ALAMO zu starten.

»Wir müssen schnellstens einen Weg finden, um in die Stadt zurückzukehren«, verkündete Rhodan den beiden anderen.

Borghese starrte ihn ungläubig an. »Ich bin froh, daß wir lebendig herausgekommen sind«, erklärte er. »Und nun verlangen Sie von uns, daß wir uns wieder in die Höhle des Löwen wagen.«

»Wollen Sie für immer in Ihrer Waldhütte hausen?« fuhr ihn Rhodan an. »Liegt Ihnen daran, Ihr ganzes Leben auf der Flucht zu sein?«

»Was, glauben Sie, habe ich bisher getan?« fragte Borghese ironisch.

»Sie sind vor sich selbst davongelaufen«, sagte Rhodan ernst. »Und jetzt sieht es ganz so aus, als wollten Sie den Jungen zum Flüchtling erziehen.«

Borghese blickte auf den Boden. »Sie haben recht«, sagte er rauh. »Des Jungen wegen werden wir in die Kolonie zurückkehren und kämpfen.«

Rhodan lehnte sich gegen einen Baum. Wenige Meter entfernt lag Kersh am Boden.

»Da niemand in der Kolonie von Ihrer Fähigkeit weiß, wird es Ihnen nicht schwerfallen, sich so zu verändern, daß man Sie nicht erkennt. Auch Kersh kann sein Aussehen ändern. Leider ist mir das unmöglich, aber wir werden einen Weg finden.«

Borghese zupfte an seinem Bart. »Ich habe nie geglaubt, daß ich ihn eines Tages verlieren würde«, erklärte er grinsend. »Aber nun sieht es so aus, als sollte ich mit nacktem Gesicht in die Stadt gehen.«

Es dämmerte bereits, als Borghese zum Ufer wanderte.

»Was ist mit ihm?« fragte Kersh unruhig.

Rhodan lächelte. »Er sucht nach einer Möglichkeit, dich aus dem Plan auszuschalten«, sagte er.

Kersh blickte betroffen hinter Borghese her. »Aber das ist unmöglich«, stieß er hervor.

»Natürlich«, stimmte Rhodan zu. »Es wird aber noch einige Zeit vergehen, bis er bereit ist, das einzusehen.«

Kersh zog die gestohlene Polizeimütze aus der Jackentasche und stülpte sie sich über den Kopf. Rhodans Blick fiel auf die Puppe am Gürtel des Jungen.

»Ich möchte sie gern untersuchen«, sagte er.

Kersh trat einen Schritt zurück. Seine Hand legte sich über den kleinen Körper.

»Sie dürfen sie nicht berühren, Sir«, sagte er hastig.

»Ich weiß«, entgegnete Rhodan. »Borghese und du könnten jedoch einige Versuche anstellen.«

Kersh hob die Puppe hoch, so daß die Augenhöhlen sichtbar wurden. Er schüttelte den Parasiten.

»Es ist eine weiße Masse darin«, sagte er unbeholfen. »Sie kommt jetzt nicht heraus.« Er preßte das Ding gegen seinen Körper. »Vor Feuer scheinen sie sich nicht schützen zu können. In Folleys Haus tötete ich eine über der Feuerstelle. Das weiße Zeug tropfte heraus und verdampfte in den Flammen.«

Rhodan blickte nachdenklich auf den Eindringling. »Gibt es keine andere Möglichkeit, das Wesen aus dem Hohlkörper zu locken?«

»Ich weiß es nicht«, sagte Kersh. »Das Ding scheint zu ahnen, daß es bei mir kein Glück hat. Es kommt erst dann heraus, wenn es einem anderen Körper spürt.«

Borghese, der inzwischen zurückgekommen war, schlug grimmig vor: »Wir werfen die Puppe in den Fluß.«

»Nein«, widersprach Rhodan. »Sie ist ein wertvoller Gefangener. Vielleicht bekommen wir eine Möglichkeit, sie zu untersuchen.«

Borghese rieb seine großen Hände gegeneinander. »Es wird kalt«, meinte er. »Wir wollen zum Wagen gehen.«

Rhodan schätzte, daß die Temperatur bereits einige Grad

unter den Gefrierpunkt gesunken war. Inzwischen war es fast vollkommen dunkel geworden. Borghese führte sie zum Fluß hinunter. Nichts deutete auf die Anwesenheit von Verfolgern hin. Das Plätschern der Wellen drang an ihre Ohren. Gleich darauf sah Rhodan den Fluß vor sich. Der Transporter war ein dunkler Schatten in der Furt. In aller Ruhe begann Borghese seine Kleider hochzuraffen.

Das Wasser erschien Rhodan doppelt so kalt wie während ihrer Flucht. Borghese trug Kersh auf den Schultern. Behutsam tastete sich Rhodan über den schmierigen Grund voran. Er legte keinen Wert darauf, in ein Loch zu rutschen und ins Wasser zu fallen. Borghese hatte das Fahrzeug erreicht. Er hob Kersh hinein und kletterte hinter ihm nach. Die Strömung brach sich am Wagen. Rhodan ertappte sich dabei, daß er immer wieder die Dunkelheit am anderen Ufer zu durchdringen versuchte.

Er schwang sich neben Borghese auf den Sitz. Der Einsiedler schaltete die Heizung ein. Wenige Augenblicke später wurde es angenehm warm. Kersh seufzte leise. Sie hatten bequem nebeneinander Platz. Die Wärme machte Borghese und den Jungen schläfrig. Lediglich Rhodan, dessen Zellaktivator die verbrauchten Kräfte ständig ersetzte, blieb hellwach.

»Ich übernehme die erste Wache«, murmelte Borghese dumpf.

»Das ist nicht nötig«, sagte Rhodan. »Ich komme ohne Schlaf aus. Ruhen Sie sich aus. Denken Sie daran, Ihr Aussehen zu verändern.«

Rhodan legte sich so gegen den Sitz, daß er aus allen Fenstern blicken konnte. Er hörte die tiefen Atemzüge der beiden anderen. Nach einiger Zeit hörte er ein Rascheln. Er fuhr hoch, aber Borghese legte beruhigend eine Hand auf seine Schulter.

»Das war der Bart«, erklärte er säuerlich.

Rhodan hörte, wie Borghese einen Augenblick die Seitentür öffnete und die langen Barthaare in den Fluß warf. Er versuchte sich vorzustellen, wie sich die beiden Kolonisten jetzt neben ihm veränderten. Er war sicher, daß ihnen dabei Grenzen gesetzt waren, aber ihr Können mußte genügen, um die Befallenen zu täuschen.

Rhodan fiel in leichten Halbschlaf. Er kam wieder zu sich, als der Transporter ein Stück tiefer in den Fluß sackte. Kurz darauf fiel die Heizung aus. Borghese begann fürchterlich zu fluchen. Kersh wurde wach und bewegte sich unruhig.

»Was können wir tun?« erkundigte sich Rhodan.

»Nichts«, brummte Borghese. »Es ist sinnlos, daß wir draußen im Wasser herumkriechen und nach dem Schaden suchen. Wir müssen uns damit abfinden, daß wir den Rest der Nacht frierend zubringen werden. Zum Glück sind unsere Kleider jetzt trocken.«

Bald merkte Rhodan, daß Borghese nicht übertrieben hatte. Die Temperatur sank unerwartet schnell. Die Fenster froren von außen zu. Rhodans Gesicht wurde kalt. Die Füße wurden gefühllos. Sie nahmen den Jungen in die Mitte, um ihn einigermaßen warmzuhalten. Kersh steckte die Puppe in die Tasche, damit sie nicht zu Rhodan kriechen konnte. Die letzten Stunden der Nacht verstrichen in quälender Langsamkeit.

»Es wird hell«, sagte Borghese schließlich, als er einen kurzen Augenblick das Seitenfenster öffnete, um hinauszublicken. Sie warteten noch kurze Zeit, dann gab Rhodan das Zeichen zum Aufbruch. Es dämmerte, als sie den Transporter verließen. Die Kälte schlug Rhodan ins Gesicht, als er ins Freie gelangte. Hier auf dem Wasser war es noch um einige Grad kälter als in der Stadt.

Als er auf das Ufer zuwatete, fiel sein Blick zum erstenmal voll auf Kersh. Das war nicht länger der dürre, hilflose Junge, der da vor ihm herging. Kersh hielt sich aufrecht, die Polizeimütze saß korrekt auf einem wohlgeformten Kopf. Sein Gesicht war voller, die Schultern gestrafft. Nur ein aufmerksamer Beobachter hätte in ihm Dilians Adoptivsohn wiedererkannt. Für Borghese war eine Änderung wesentlich schwieriger gewesen. Seine riesenhafte Figur wirkte jetzt aufgeschwemmt, sein haarloses Gesicht sah aufgedunsen aus. Seine Arme waren kürzer, die Hände machten einen kraftlosen Eindruck. Aber er war immer noch Borghese. Für Rhodan stand nun fest, daß die innere Einstellung gegenüber der eigenen Figur viel zu dem Erfolg beitrug. Kersh schien sich sichtlich wohler zu fühlen, während Borghese unbeholfen wirkte. Der Einsiedler hatte offenbar nichts an seinem seitherigen Aussehen auszusetzen gehabt.

»Nun, zufrieden?« knurrte Borghese.

Rhodan deutete auf den Säbel, den Borghese im Gürtel stecken hatte.

»Wollen Sie das Aushängeschild mitnehmen?« fragte er sarkastisch.

Unschlüssig drehte Borghese die Waffe in den Händen. Dann gab er sich einen Ruck und schleuderte sie ins Wasser. Rhodan war froh, als sie am Ufer angekommen waren. Über dem Fluß lagerte milchiger Dunst. Die Sonne erschien über dem Wald.

»In einer Stunde haben wir die Stadt erreicht«, sagte Borghese.

Rhodan folgte den beiden Kolonisten, die sich entschlossen in Bewegung setzten.

8.

Als die ersten Häuser sichtbar wurden, hob Brent Borghese den Arm. Rhodan trat an seine Seite. Der schnelle Marsch hatte sie erwärmt. Die Sonne war höher gestiegen, und sie konnten bereits ihre wärmenden Strahlen fühlen. Einige der Temperaturspeicher über den Quang-Feldern glühten noch.

»Es ist sicher nicht gut, wenn wir von dieser Seite aus in die Stadt eindringen«, bemerkte Borghese. »Wir sollten sie umkreisen und von der anderen Seite kommen.«

»Genau das würde man von uns bei einer eventuellen Rückkehr erwarten«, gab Kersh zu bedenken.

Rhodan bewunderte den Scharfsinn des jungen Mannes.

Doch Kersh konnte nicht wissen, daß von Puppen befallene Menschen solche Überlegungen nicht anstellten. Da jede Handlung eines Wirtskörpers nur auf Antrieb des Parasiten erfolgte, war es ausgeschlossen, daß einer der Kolonisten sich Gedanken über eine Rückkehr der Flüchtlinge machte. Rhodan glaubte sicher zu sein, daß die Puppen erst dann auf ihre Rückkehr reagieren würden, wenn sie ihrer mit den Augen der Kolonisten ansichtig wurden. Die Puppen handhabten ihre Wirtskörper genauso, wie ein Mensch eine vollkommene Maschine benutzte. Rhodan wußte, daß dieser Vergleich ziemlich genau das Verhältnis einer Puppe zu ihrem Wirt kennzeichnete. Wahrscheinlich waren diese Dinger noch nicht einmal bösartig. Sie sahen in den Menschen lediglich die zweckmäßigste Lebensform, um sich rasch über die Galaxis auszubreiten. Sie gingen mit ihnen um wie mit Maschinen. Starb einer der Befallenen, dann bedeutete das für die Parasiten genau das gleiche, was es für Menschen bedeutete, wenn eine Maschine ausfiel.

Aber gerade diese Handlungsweise machte die Puppen so unmenschlich. Hätten sie Haß oder Verachtung gezeigt, dann wäre das Entsetzen, das sie verbreiteten, niemals so stark gewesen.

»Es ist vollkommen gleichgültig, von welcher Seite aus wir die Stadt betreten«, sagte Rhodan. »Der entscheidende Augenblick tritt so oder so erst dann ein, wenn man uns sieht.«

»Der Raumhafen liegt am anderen Ende der Stadt«, erinnerte Borghese. »Wir könnten einer vorzeitigen Entdeckung aus dem Weg gehen, wenn wir die Stadt umgehen. Benutzen wir diesen Weg, müssen wir die Hauptstraße durchqueren. Das erhöht das Risiko.«

Rhodan mußte lachen. »Ich gebe mich geschlagen«, sagte er. »Wir ändern also unsere Richtung.«

Borghese riß eine Quang-Frucht heraus und schnitzte mit seinem Messer ein puppenähnliches Gebilde, das sie in Stofffetzen einhüllten. Rhodan besaß noch die Imitation, während Kersh nach wie vor die echte Puppe trug.

Unzufrieden betrachtete Borghese den großen Terraner.

»Sie sind zu auffällig«, erklärte er. »An Ihrer Kleidung erkennt Sie jeder, außerdem muß Ihr Aussehen verändert werden.«

»Ich glaube nicht, daß wir daran viel ändern können«, meinte Rhodan.

Borghese wollte nachdenklich an seinem Bart zupfen, stellte aber schnell fest, daß er ihn seit einigen Stunden nicht mehr besaß. Er nahm die Polizeimütze und machte sie links. Rhodan setzte sie tief ins Gesicht. Borghese zog Rhodans Jacke an und übergab ihm dafür seinen Umhang. Dann machte er sich daran, den Saft einer Quang-Frucht auszupressen. Die Flüssigkeit schmierte er Rhodan ins Gesicht. Er trat einige Schritte zurück und betrachtete sein Werk. Rhodan entging der Blick nicht, den er mit Kersh wechselte.

»Es muß so gehen«, sagte er.

»Ich werde mich im Hintergrund halten, sobald jemand auftaucht«, versprach Rhodan. »Machen Sie sich keine Sorgen.«

Sie verließen den Weg und drangen in die Quang-Felder ein. Borghese hielt sich in der Nähe der Rohrleitungen, die vom Fluß heraufführten, so daß sie jederzeit in Deckung gehen konnten.

»Wie ausgestorben«, sagte er zu Rhodan.

»Die Nährmittelfabrik hat geschlossen«, ergänzte Kersh.

»Ich erkenne es an den Abzugsschächten. Normalerweise tritt zu dieser Tageszeit heller Qualm aus ihnen hervor.«

»Wenn wir die Puppen nicht aufhalten können, wird diese Kolonie sterben«, prophezeite Rhodan ernst. »Die Parasitenträger kümmern sich um nichts. Die Fabriken werden nicht arbeiten, alle Kraftwerke werden stillstehen. Die Puppen werden nur das tun, was für sie wichtig ist. Früher oder später werden sie mit wenigen Körpern auf dieser Welt auskommen. Die übrigen Kolonisten werden sterben, an Hunger, Erschöpfung oder Krankheiten. Dann ist der Weg frei für jene, die die Puppen geschickt haben.«

»Denken Sie nicht, daß es sich bei diesen Wesen um eine selbständige Rasse handelt?« fragte Borghese.

Rhodan schüttelte den Kopf. »Alle Anzeichen sprechen dagegen. Es ist nicht ausgeschlossen, daß das Protoplasma in den Puppenkörpern eine Lebensform darstellt, aber es ist unmöglich, daß diese Wesen die Metallkörper hergestellt haben, in denen sie sich jetzt befinden. Die wahren Eroberer halten sich noch im Hintergrund. Sie warten ab, bis der Weg für sie frei ist.«

In Borgheses Gesicht standen weitere Fragen geschrieben, doch er schwieg beharrlich, bis sie in Höhe der ersten Häuser angekommen waren. Zum erstenmal sahen sie jetzt zwei Kolonisten. Ohne zu ahnen, daß sie beobachtet wurden, gingen ein Mann und eine Frau über den Hof eines der Häuser.

»Das ist Mr. Jessyl und seine Frau«, gab Kersh bekannt. Er kniff die Augen zusammen. »Sie tragen Puppen«, stellte er fest.

»Das kann man auf diese Entfernung überhaupt nicht feststellen«, protestierte Borghese.

»Die Puppen sieht man nicht«, gab Kersh zu, »aber ich sehe, wie sie sich bewegen.«

Mit seinem Aussehen schien sich auch Kershs Verhalten geändert zu haben. Er zeigte kein Anzeichen von Furcht und wirkte selbstbewußt. Rhodan hatte längst bemerkt, daß Borghese sich gegenüber seinem Sohn zurückhaltend verhielt. Noch immer wußte Kersh nicht, daß der Einsiedler sein Vater war. Der Junge konnte es vermuten, aber es fehlte das befreiende Wort von Borghese. Rhodan dachte nicht daran, sich in diese Sache einzumischen. Die beiden Mutanten durften nicht nach dem üblichen Maßstab behandelt werden. Menschliche Mutationen hatten in den meisten Fällen Eigenarten, das wußte Rhodan von den Mutanten, die ihm seit fast dreihundert Jahren halfen, das Imperium der Menschheit auszubreiten.

Jessyl und seine Frau verschwanden hinter dem Haus. Die drei Männer setzten ihren Marsch fort.

»Es muß uns gelingen, Mitglieder der Besatzung der ALAMO von ihren Puppen zu befreien«, sagte Rhodan. »Allein sind wir zu schwach.«

»Völlig richtig«, stimmte Borghese zu. »Ich frage mich nur, wie wir das schaffen wollen.«

Rhodan blickte nachdenklich zum Raumhafen. Die ALAMO ragte weit über die Stadt hinweg und war weithin sichtbar.

»Vielleicht erhalten wir in der Nähe des Landeplatzes eine Chance«, erwog er.

Sie kamen an einem Freigehege für Rang-Hühner vorüber, das zwischen den Feldern angelegt war. Die hochbeinigen Tiere ergriffen die Flucht, als die Männer auftauchten. Borghese deutete grinsend zu den aufgestellten Brutautomaten hinüber.

»Hier können wir uns ein gutes Frühstück besorgen«, meinte er. »Der Robotaufseher wird sich nicht darum kümmern.«

Während Rhodan und Kersh weitergingen, rannte Borghese zu den flachen Metallgehäusen hinüber. Gleich darauf kam er mit mehreren Eiern zurück. Einer der Rang-Hähne verfolgte ihn, aber er verscheuchte ihn mit einem Fußtritt. Sie tranken die Eier aus.

Ohne auf Kolonisten zu stoßen, erreichten sie das andere Ende der Stadt. Hunderte von Menschen waren in der Nähe der ALAMO versammelt.

Borghese verzog das Gesicht. »Es sieht so aus, als bekämen wir Schwierigkeiten.«

Nach kurzer Beratung entschlossen sie sich zum Weitergehen. Rhodan war sich darüber im klaren, daß jedes weitere Zögern den Vorsprung der Parasiten vergrößerte. Sie mußten damit rechnen, daß die ALAMO jetzt bald starten würde.

Zwischen den Feldern hindurch führte sie Kersh zum letzten Haus vor dem Raumhafen. Es war ein flacher Bungalow. Der Hof war mit großen Steinen ausgelegt. Ein Schuppen schloß sich hinten am Haus an. Die Tür stand offen.

»Hier wohnt Mr. Schuster«, erklärte Kersh. »Er gehört dem Kolonierat an. Es sieht so aus, als sei er nicht in seiner Wohnung.«

Sie überstiegen den niedrigen Zaun, der das Anwesen

umgab, und standen im Hinterhof. Im Haus blieb es still. In runden Metallschalen hatte Schuster verschiedene Pflanzen eingesetzt. Ein besonders großer Stein war mit einer vereinfachten Darstellung des Solaren Systems versehen, der sichere Beweis dafür, daß es sich bei Schuster um einen Mann handelte, der auf der Erde geboren war.

Sie gelangten in den Schuppen, in dem Arbeitsgeräte und ein Generator standen. Der Generator war nicht eingeschaltet. Der Schuppen besaß noch eine zweite Tür, die direkt ins Haus führte. Sie stand halb offen. Eine schwarze Katze kam heraus und strich miauend um die Beine Rhodans. Kersh hob sie auf und strich ihr beruhigend über das Fell.

»Die Puppe!« schrie Borghese.

Kershs Puppe kroch aus der Jackentasche des Jungen und versuchte die Katze zu erreichen, die schnurrend Kershs Liebkosungen hinnahm. Schnell setzte Kersh das Tier auf den Boden zurück. Die Puppe blieb an seiner Hüfte hängen. Borghese blickte sie haßerfüllt an.

»Sie muß die Nähe der Katze gespürt haben«, sagte Rhodan. »Das zeigt, daß sie über irgendeinen Instinkt verfügt.«

»Ob sie auch Tieren ihren Willen aufzwingen können?« fragte Borghese.

»Zweifellos«, sagte Rhodan. »Das erhöht ihre Gefährlichkeit bedeutend.«

Gemeinsam drangen sie in die Innenräume ein. Alles deutete darauf hin, daß Schuster nicht zu Hause war. Die Einrichtung ließ erkennen, daß es sich um einen Junggesellen handelte. Der Haupteingang war nicht abgeschlossen. Durch ihn gelangten die drei Männer auf die Straße, die zum Raumhafen führte.

»Es ist besser, wenn wir uns trennen«, schlug Rhodan vor. »Die Befallenen halten nach zwei Männern und einen Jungen Ausschau. Wir würden auf jeden Fall ihren Verdacht erwecken. Auf dem Raumhafen können wir unauffällig dicht beieinander bleiben.«

Borghese warf Kersh einen sorgenvollen Blick zu, sagte aber nichts. Rhodan trennte sich von den beiden Kolonisten und strebte dem Landeplatz entgegen. Mit scharfen Augen beobachtete er die Umgebung. Die Arbeiten bei der ALAMO schienen fast abgeschlossen zu sein, denn es waren kaum noch Kolonisten auf dem Landesteg zu sehen. Die Zerstörungen, die Kersh mit dem Transporter angerichtet hatte, waren inzwischen behoben worden. Berunruhigt registrierte Rhodan das Fehlen von Besatzungsmitgliedern unter der Menge auf dem Landeplatz. Sollte ein Start unmittelbar bevorstehen? Der ausgefahrene Landesteg sprach dagegen.

Rhodan blickte zurück. Auf der anderen Straßenseite kam der junge Kolonist langsam heran. Obwohl er jetzt den typischen Gang der Befallenen eingeschlagen hatte, drückte seine Haltung Selbstbewußtsein aus. Kersh schien ein völlig anderer Mensch zu sein. Weiter zurück folgte ihnen Borghese.

An den Sperren hielten sich drei Männer auf. Sie hatten Rhodan bereits gesehen. Ohne zu zögern ging er auf sie zu. Die Trümmer der Hauptabsperrungen waren beseitigt worden. Rhodans Herzschlag beschleunigte sich, als er an den Männern vorbei das Landefeld betrat. Sie sprachen ihn nicht an. Warum führten sie keine Kontrollen durch? Waren sie ihrer Sache so sicher?

Der größte Teil der Männer war damit beschäftigt, quadratische Platten aus Kunststoff auf die andere Seite des Landefeldes zu schaffen, die von den Transportfahrzeugen herangefahren wurden. Offenbar sollte die Landefläche vergrößert werden.

Das konnte nur bedeuten, daß hier früher oder später Raumschiffe landen sollten. Dutzende von Raumschiffen, die alle größer als die ALAMO waren.

Als Rhodan den Landesteg erreichte, kam Kersh durch die Sperre. Er hielt sich auf der linken Seite, so daß er zu den Männern gelangte, die die Fahrzeuge entluden.

Borghese ging einfach durch die große Lücke, die in den Absperrungen bei ihrer Flucht im Transporter entstanden war. Beruhigt bemerkte Rhodan, daß seine beiden Helfer nicht aufgehalten wurden. Als er seine Aufmerksamkeit wieder dem Schiff zuwandte, sah er Major Wilken den Landesteg herabkommen. Da sich sonst kaum jemand in seiner Nähe aufhielt, sah Rhodan eine Möglichkeit, den Major von seiner Puppe zu befreien. Er selbst konnte das jedoch nicht tun, da der Parasit sofort ihn überwältigt hätte. Entschlossen trat Rhodan zur Seite. Er drückte sich gegen das Geländer und wartete mit ausdruckslosem Gesicht, bis Wilken an ihm vorbeigekommen war. Er ließ dem Major einen Vorsprung von zehn Metern, dann folgte er ihm.

Inzwischen hatte Kersh begonnen, bei der Entladung der Transporter zu helfen. Rhodan fing den Blick des jungen Kolonisten auf und gab ihm ein Zeichen. Kersh begriff sofort, was Rhodan vorhatte. Auch Borghese winkte kurz zu ihm herüber.

Ohne sich umzudrehen, verließ Wilken den Landesteg. Er steuerte auf die Sperren zu. Rhodan beschleunigte seine Gangart und blieb dicht hinter dem Major. Borghese, der auf das Raumschiff zukam, veränderte seine Richtung, um näher an Wilken heranzukommen. Weder Wilken noch ein anderer schien das Manöver zu bemerken. Borghese warf Rhodan einen fragenden Blick zu. Rhodan deutete kurz auf seine Puppe, und der Kolonist nickte verstehend. Alles schien zu funktionieren.

Da blieb Wilken stehen und blickte zurück. Seine Augen richteten sich auf Rhodan. Der Major wirkte vollkommen teilnahmslos, aber seine Lippen formten die folgenschwere Frage: »Warum folgst du mir?«

»Es ist zu gefährlich, ohne Begleitung in die Stadt zu gehen«, erwiderte Rhodan. Er hoffte, daß er keinen Fehler begangen hatte. Wilken starrte ihn ausdruckslos an und schien zu überlegen. Es fiel Rhodan schwer, Gleichgültigkeit zu heucheln.

Da war Borghese heran. Er tauchte unmittelbar neben dem Raumfahrer auf. Mit einem raschen Griff packte er dessen Puppe und riß sie los. Wilkens Blick wurde unsicher. Er wollte etwas sagen, doch dann flatterten seine Augenlider. Instinktiv machte Rhodan einen Schritt nach vorn. Borghese bewies in diesem Augenblick, daß er Nerven aus Stahl hatte.

Er ging ruhig weiter. Im Vorbeigehen steckte er Rhodan die falsche Puppe zu, während er die von Wilken an seine Brust heftete.

Rhodan mußte den Major mit beiden Händen festhalten. Wilken wimmerte leise vor sich hin.

»Sie sind außer Gefahr«, murmelte Rhodan beschwörend.

Jetzt konnten sie nur hoffen, daß keiner der Befallenen Verdacht schöpfte. Ewigkeiten schienen zu verstreichen, bis Wilken sich gefaßt hatte. Unstet irrten seine Blicke umher. Rhodan las Panik in den Augen des Offiziers. Wenn Wilken die Nerven verlor, war alles vorbei.

»Wer sind Sie?« stammelte der Major.

»Rhodan«, erwiderte Rhodan. »Erinnern Sie sich, was Sie im Auftrag der Puppe zu tun beabsichtigten?«

Wilkens Hände tasteten über die Brust. Als er den Parasiten nicht entdecken konnte, beruhigte er sich etwas. Rhodan packte ihn am Arm und zog ihn mit sich fort. Er schlug die Richtung zu den Sperren ein. Es war wichtig, daß Wilken sich erinnerte, was er vor seiner Befreiung unternehmen wollte.

»Mir ist übel«, stöhnte Wilken. »Was ist mit den anderen Männern, Sir?«

Rhodan sagte es ihm. Fast wäre der Major gestolpert, aber Rhodan hielt ihn mit eisernem Griff fest. Schnell begann Rhodan auf den Offizier einzureden. Wilken erfuhr alles, was sie bisher über die Puppen herausgefunden hatten.

»Das Schiff«, stöhnte der Major. »Sie wollen es starten.«

Rhodan fühlte, daß eine eisige Hand nach ihm griff. Waren sie zu spät gekommen? Unmittelbar an der Sperre wäre Wilken fast zusammengebrochen. Er taumelte und mußte sich übergeben. Niemand beobachtete den Zwischenfall. Als Rhodan zum Raumschiff zurückblickte, konnte er Borghese sehen, der sich jetzt ebenfalls den arbeitenden Kolonisten angeschlossen hatte. Er und der Junge waren vorerst sicher.

Als sie auf der Straße angekommen waren, konnte sich Wilken ohne Hilfe aufrecht halten. Er blickte starr geradeaus, als hätte er Mühe, die Richtung einzuhalten.

»Das Schiff wird bald starten«, sagte er gefaßt. »Es soll weitere Puppen nach Quentins Planet bringen. Diese Welt soll von den Parasiten als Hauptplanet eingerichtet werden. Von hier aus werden sie weitere Unternehmen planen.«

»Woher kommen die Puppen?«

Wilken verzog gequält das Gesicht. Aus eigener Erfahrung wußte Rhodan, wie schwierig es war, sich an etwas zu erinnern, was mit den Puppen zusammenhing. Im gleichen Moment, da man die Puppe verlor, schien man ein anderes Wesen zu sein, mit anderen Gedanken, Wünschen und Gefühlen.

»Tammat!« stieß Wilken abrupt hervor.

»Tammat?« Rhodan schüttelte den Kopf. »Unmöglich. Die Kolonie kann nicht die Ursprungswelt der Parasiten sein. Wissen Sie etwas über die Herren der kleinen Teufel?«

»Ich ... ich weiß nicht«, zögernd kamen die Worte aus dem Mund des Raumfahrers. »Es hängt mit einem Unglück zusammen. Ein großes Unglück war geschehen, aber dann folgte die... die Verschmelzung.« Er nickte heftig. »Ja, daran kann ich mich erinnern. Irgendwie gibt es ein Kollektivbewußtsein bei diesen Puppen. Sie sind nur winzige Teile von etwas viel Größerem.«

Rhodan fragte ich, warum er sich nicht an solche Einzelheiten erinnern konnte. Hing es damit zusammen, daß Wilken längere Zeit eine Puppe getragen hatte?

Sie kamen an Schusters Haus vorüber. Rhodan zog Wilken mit sich in den Hof. Hier waren sie vor Beobachtern sicher.

»Was wissen Sie noch?« erkundigte sich der Großadministrator.

Wilken zuckte hilflos mit den Schultern. Mit beiden Händen preßte er den Kopf, als könnte er so besser nachdenken.

»Es ist alles nur verschwommen«, sagte er bedauernd.

Rhodan lächelte grimmig. Er wußte genau, woran das lag. Wilken *wollte* sich nicht erinnern. Es erging ihm nicht anders. Das menschliche Bewußtsein sträubte sich einfach, diese Dinge zu akzeptieren.

»Wir dürfen die ALAMO nicht starten lassen«, sagte Rhodan. »Sobald das Schiff Quentins Planet verläßt, bleibt uns keine Möglichkeit, das Imperium zu warnen. Dann können sich die Puppen überall ausbreiten.«

Wilken ließ sich auf einer kleinen Mauer nieder. Die unzähligen Falten seines Gesichts schienen sich noch vertieft zu haben.

»Wir können das Schiff nicht aufhalten, Sir«, sagte er schließlich.

»Wir haben *Sie* von der Puppe befreien können«, erinnerte ihn Rhodan. »Sicher wird uns das auch bei den anderen Offizieren gelingen.«

Wilken pendelte mit den Beinen hin und her. »Nein«, antwortete er ohne aufzusehen. »Kein Mitglied der Besatzung wird die ALAMO vor dem Start noch einmal verlassen. Ich bildete eine Ausnahme. Die Männer, die Sie auf dem Landeplatz gesehen haben, werden den bevorstehenden Flug nicht mitmachen. Man hat vor, das Schiff bis obenhin mit diesen Puppen vollzustopfen.«

Rhodan wußte, was das bedeutete. Der Start der ALAMO stand kurz bevor. Wahrscheinlich war der Zeitpunkt vorverlegt worden, um weitere Zwischenfälle zu vermeiden.

»Nun gut«, murmelte er. »Wenn wir den Flug nicht verhindern können, dann werden wir wenigstens an ihm teilnehmen.«

Wilkens Körper versteifte sich. Seine Abwehr war deutlich. Rhodan konnte ihn gut verstehen. Gerade der Gewalt eines Parasiten entkommen, verspürte der Major wenig Lust, sich noch einmal in die Nähe der Puppen zu wagen.

»Vielleicht gelingt es uns, während des Fluges einen Teil der Besatzung zu befreien», meinte Rhodan.

»Sie haben angefangen zu kontrollieren«, sagte Wilken düster. »Nachdem sie festgestellt haben, daß es Menschen gibt, die sich nicht beeinflussen lassen, überprüfen sie ständig die Puppenträger und die Puppen. Man würde uns an Bord der ALAMO schnell entdeckt haben.«

»Dann verstecken wir uns«, sagte Rhodan. »Wir gehen an

Bord und suchen uns einen Platz, wo sie uns nicht aufspüren können.«

Wilken sah ihn unsicher an. Er lächelte resigniert. »Es sieht nicht danach aus, als würden Sie Ihren Plan aufgeben, Sir«, meinte er.

»Sollte ich das?« Rhodan hob die Augenbrauen. »Wenn wir erst einmal aufhören, die Puppen zu bekämpfen, haben wir uns selbst aufgegeben.«

Er zog Borgheses Puppenimitation heraus und überreichte sie Wilken. Der Major drehte das primitive Machwerk zwischen den Händen. Rhodan beobachtete ihn stumm. Schließlich sah Wilken auf.

»Versuchen Sie sich zu erinnern, mit welchem Auftrag Sie die ALAMO verlassen haben«, forderte Rhodan.

Wilken stand auf. Er blickte zur Straße hinaus. Aus irgendeinem Grund wirkte er unsicher. Rhodan las in den Gedanken des Mannes wie in einem Buch. Wilken konnte sich nicht verstellen.

»Ich weiß es nicht mehr«, sagte der Major schwerfällig.

»Doch«, sagte Rhodan. »Sie verließen das Schiff, weil Sie den Flug nicht mitmachen sollten.«

Betroffen schaute ihn Wilken an. Rhodan erkannte, daß er mit seiner Vermutung recht behalten hatte. Um nicht als Feigling zu gelten, hatte Wilken verheimlichen wollen, daß er den Flug nicht mitmachen sollte. Wahrscheinlich vermutete er, daß Rhodan ihm eine derartige Erklärung nicht geglaubt hätte.

»Major Wilken: Sie werden auf Quentins Planet wie vorgesehen zurückbleiben. Diese Puppe gibt Ihnen eine gewisse Sicherheit. Versuchen Sie während unserer Abwesenheit einige Kolonisten von den Parasiten zu befreien. Gehen Sie jedoch kein Risiko ein.«

»Sir … ich …«

»Wir befinden uns im Kriegszustand«, sagte Rhodan. »Sie werden der einzige Soldat des Imperiums auf dieser Welt sein. Denken Sie daran, Major.«

»Ich schäme mich für die Erleichterung, die ich fühle, wenn

ich daran denke, daß ich nicht zur ALAMO zurück muß, Sir«, brachte Wilken hervor.

»Ihre Lage wird nicht einfacher als die unsere sein«, erinnerte ihn Rhodan. »Sie stehen allein gegen die verseuchte Kolonie. Es kann sein, daß man Sie entlarvt und Jagd auf Sie macht. Es kann der Augenblick kommen, da Sie sich wünschen, mit uns an Bord der ALAMO zu sein.«

Gemeinsam verließen sie den Hof. Auf der Straße trennten sie sich. Rhodan wußte, daß er sich auf Wilken verlassen konnte. Wenn die ALAMO erst einmal diese Welt verlassen hatte, und Wilken auf eigene Faust handeln mußte, würde er bald die Folgen der Beeinflussung durch eine Puppe überwunden haben.

Rhodan fragte sich, warum die Parasiten ausgerechnet den wertvollen Körper des Raumschiffkommandanten auf Quentins Planet zurücklassen wollten. Er nahm an, daß die Puppen mit Wilken andere Pläne hatten. Ein Kommandant mochte ihnen zu wichtig erscheinen, als daß sie ihn für einen einfachen Transportflug einsetzten.

Ohne zu zögern, kehrte Rhodan zum Raumhafen zurück. Auch ohne Major Wilken und verschiedene andere Besatzungsmitglieder war die ALAMO als vollwertiges Schiff anzusehen. Für die Zwecke der Eroberer war sie wie geschaffen. Der Leichte Kreuzer war ein ungemein schnelles Schiff. Mit etwas Glück konnten die Puppen damit die halbe Galaxis durchqueren und auf unzähligen Planeten landen. Einen Augenblick hatte Rhodan die schwache Hoffnung, daß die ALAMO auf einer Welt landen würde, deren natürliche Verhältnisse für die Puppen tödlich waren. Er verwarf diesen Gedanken sofort. Die ALAMO würde auf der Heimatwelt der Puppen landen, um neue Invasoren zu bringen. Außerdem war zu erwarten, daß das Protoplasma in den Puppenkörpern wesentlich widerstandsfähiger als ein empfindlicher Mensch war.

Perry Rhodan bezweifelte, daß die Puppen fähig waren, eigene Denkvorgänge zu entwickeln. Sie wurden von jemandem gesteuert, so wie sie ihre Wirtskörper steuerten. Natürlich war es nicht ausgeschlossen, daß noch kleinere Wesen als sie in den Puppen über Intelligenz verfügten, aber alles sprach dafür, daß ein Protoplasmaklumpen nichts weiter als instinktiv handelndes Leben war.

Vielleicht wurden die Parasiten erst dann vernunftbegabt, wenn sie einen intelligenten Wirtskörper zur Verfügung hatten. Diese Möglichkeit war nicht von der Hand zu weisen. Irgendwann konnte ein Mensch oder ein anderes vernunftbegabtes Wesen einmal mit diesem Protoplasma in Berührung gekommen sein. Das war der Anfang dieser bedrohlichen Entwicklung gewesen.

Doch das waren alles nur Vermutungen. Die Wahrheit konnte er nur dann erfahren, wenn es ihm gelang, an Bord der ALAMO zu gehen. Borghese und Kersh mußten ihn begleiten. Zumindest einer der beiden. Da die Mutanten immun gegen die Parasiten waren, vergrößerten sie die Aussicht auf einen Erfolg.

Es stand für Rhodan fest, daß in der Immunität der beiden Kolonisten eine Schwäche der Puppen begründet lag. Hier galt es anzusetzen. Borghese und Kersh waren im Augenblick die beiden wichtigsten Menschen innerhalb der Galaxis. Während er und alle anderen immer wieder von einer Puppe befallen werden konnten, bestand diese Gefahr für die Mutanten nicht.

Rhodan bezweifelte, daß die Mitglieder seines eigenen Mutantenkorps den Puppen widerstehen konnten. Borghese und sein Sohn hatten jedoch die Möglichkeit, die molekulare Struktur ihrer Zellen in unglaublich kurzer Zeit zu verändern. Anders war ihre Umwandlung nicht zu erklären. Erstaunlich war nur, daß die beiden Kolonisten nicht in der Lage waren, auch andere Lebewesen zu beeinflussen. Wahrscheinlich erkannte Borghese noch nicht in voller Konsequenz, welche Kraft ihm von Geburt an mitgegeben war. Borghese und Kersh konnten sich zu den ersten Mimikry-Wesen terranischer Abstammung entwickeln. Keine Grenzen waren ihnen gesetzt.

Rhodan blickte über den Landeplatz und sah die beiden

Mutanten unter den arbeitenden Kolonisten. Sie würden mit ihm an Bord der ALAMO gehen. Wenn es ihnen gelang, die Parasiten zu überwältigen, bildeten Borghese und Kersh ein weiteres Problem für Rhodan.

9.

Das kaum wahrnehmbare Dröhnen der Triebwerke, das Summen der Kontrollen und das sich in regelmäßigen Abständen wiederholende Klicken der Klimaanlagen schienen die einzigen Geräusche innerhalb der ALAMO zu sein.

Der Leichte Kreuzer glich einem Totenschiff.

Und doch hielten sich Menschen an Bord auf. Einhundertneunzehn Mitglieder der ehemaligen Besatzung.

Und drei blinde Passagiere.

Alle anderen waren auf Quentins Planet zurückgeblieben.

In einem stillen Schiff verrinnt die Zeit langsam, die Sekunden scheinen sich endlos auszudehnen. Für die von den Parasiten beherrschten Raumfahrer bildete die Lautlosigkeit keinen abnormalen Zustand. Sie verrichteten mit gleichgültigen Gesichtern ihre Arbeit. Es schien, als seien sie zu einem Flug in die Ewigkeit verurteilt, den sie nie beenden würden – so teilnahmslos blickten ihre Augen. Ein gemurmelter Befehl der Offiziere, eine müde Geste – das waren die einzigen Anzeichen dafür, daß die ALAMO ein bestimmtes Ziel hatte.

Nur im Verladeraum gab es drei Männer, die sich von der Besatzung durch ihr Verhalten unterschieden. Rhodan, Borghese und Kersh. Es war ihnen gelungen, unbemerkt an Bord zu gehen, bevor die ALAMO gestartet war. Dann hatte für sie das Warten begonnen. Zunächst war es nur das Warten auf den Start gewesen, eine Zeit, die ausgefüllt war mit der Furcht vor Entdeckung. Eine Zeit, während der immer wieder Befallene in den Verladeraum gekommen waren, um irgend etwas zu erledigen.

Schließlich war das Schiff gestartet. Doch das Warten ging

weiter. Nervös lauschten sie auf jedes Geräusch, das die Annäherung eines Feindes ankündigen konnte. Obwohl das Schiff nicht länger als eine Stunde unterwegs war, schienen bereits Stunden vergangen zu sein.

Rhodan hatte bald erkennen müssen, daß sein Plan, während des Fluges einen Teil der Besatzung zu befreien, fehlschlagen mußte. Seit die ALAMO Quentins Planet verlassen hatte, war kein Mitglied der Besatzung im Verladeraum aufgetaucht. Borghese wollte sogleich ins Schiff vorstoßen, doch Rhodan lehnte dieses Ansinnen kategorisch ab. Wenn sie erst einmal entdeckt wurden, hatten sie keine Aussichten, den Parasitenträgern zu entgehen. Dann wäre nur noch Wilken geblieben, und der Major war bei aller Tapferkeit keine Garantie für einen Sieg über die Puppen.

Rhodan fand sich damit ab, daß sie ihre nächsten Schritte erst nach erfolgter Landung unternehmen konnten. Die Frage war, auf welcher Welt die ALAMO niedergehen würde. Sie mußten den Verladeraum verlassen, bevor die willenlosen Männer damit begannen, Puppen ins Schiff zu bringen. Die ALAMO erschien Rhodan nicht gefährlich. Betraten sie jedoch den Boden einer fremden Welt, die von den Parasiten beherrscht wurde, dann mußten sie jeden Augenblick mit ihrer Entdeckung rechnen.

Am allerwenigsten zeigte sich Borghese mit der sich abzeichnenden Entwicklung einverstanden.

»Wir sitzen hier untätig herum«, beklagte er sich. »Wir wissen noch nicht einmal, was innerhalb des Schiffes vorgeht. Warum warten wir darauf, daß uns die Parasiten hier herausholen?«

»Zügeln Sie Ihre Ungeduld«, ermahnte ihn Rhodan. »Sie werden noch früher mit den Befallenen zusammenstoßen, als Ihnen lieb ist.«

Sie hatten sich unter der Hauptsäule verkrochen, die bis zur Zentrale führte. Als Borghese eine heftige Bewegung machte, stieß er mit dem Kopf gegen das Metallgerüst.

»Sobald wir gelandet sind, wird sich die Zahl unserer Gegner mit großer Wahrscheinlichkeit vervielfachen!« rief er aus. »Wollen wir darauf warten? Lassen Sie mich einen Erkundungsgang durchs Schiff machen.«

»Sie kennen sich innerhalb eines Leichten Kreuzers nicht aus«, wandte Rhodan ein. »Sie laufen bestimmt jemandem in die Arme. Ich bin zwar in der Lage, unbemerkt durch das Schiff zu kommen, aber trotzdem riskiere ich es nicht.«

Kersh, der eingeschlafen war, schlug die Augen auf und blickte verwirrt umher. Er brauchte kurze Zeit, bis er wieder wußte, wo er sich befand. Rhodan war froh, daß er jetzt Gelegenheit bekam, Borghese von seiner Idee abzulenken.

»Mit der Zeit werden wir Hunger bekommen«, sagte er zu Kersh.

Der junge Kolonist sah zum Schott hinüber.

»War einer von ... ihnen hier drinnen?« fragte er.

»Nein«, beruhigte ihn Rhodan. »Während des Fluges sind wir hier sicher. Augenblicklich befindet sich die ALAMO innerhalb der Halbraumzone. Sobald sie den Linearflug unterbricht, können wir mit Sicherheit annehmen, daß eine Landung bevorsteht.«

»Was geschieht, wenn wir auf einer Welt landen, deren Atmosphäre für uns nicht atembar ist?« fragte Kersh bedrückt.

Auch Rhodan hatte daran schon gedacht. Er baute darauf, daß die Puppen genau wußten, was sie ihren Wirtskörpern zumuten konnten. Irgendwie mußte es ihnen in einem solchen Fall gelingen, an die Schutzanzüge heranzukommen.

Zu Kersh sagte er: »Das glaube ich kaum. Tammat und Quentins Planet sind beide Sauerstoffwelten. Das deutet darauf hin, daß sich die Parasiten nur auf solchen Planeten aufhalten.«

Borghese kroch ein Stück näher an die Wand heran.

»Könnten wir nicht versuchen, in die Funkkabine einzudringen?« fragte er. »Ein kurzer Funkruf würde genügen, um andere Schiffe auf uns aufmerksam zu machen.«

»Der größte Teil der Funkanlage wurde demontiert und auf Quentins Planet zurückgelassen. Die Parasiten besitzen nur dieses eine Schiff. Mit wem also sollten sie in Funkverkehr treten?« Rhodan suchte eine bequemere Lage auf dem harten Boden zu finden. »Es sieht so aus, als hätten die Puppen jeden Platz für ihre Artgenossen geopfert, die irgendwo darauf warten, abgeholt zu werden.«

Rhodan lauschte. Für ihn war es nicht schwer, jedes einzelne Geräusch im Schiff zu deuten. Das Knacken überbeanspruchten Materials ließ ihn nicht entsetzt aufschrecken. Beunruhigt beobachtete er, daß Borghese mit zunehmender Dauer des Fluges nervöser wurde. Der große Mann hatte sich weder an sein verändertes Aussehen noch an das Raumschiff gewöhnt. Da er als Einsiedler gelebt hatte, schien es ihm schwerzufallen, sich an diese Situation anzupassen.

Kersh hingegen zeigte erstaunliche Ruhe und Selbstsicherheit. Wahrscheinlich trug die Nähe des Jungen einen Teil dazu bei, Borghese zu verwirren. Der Kolonist wußte nicht, wie er sich seinem Sohn gegenüber verhalten sollte.

Ein Zusammenstoß mit den Puppenträgern würde Borghese aus dieser Lage befreien. Während eines Kampfes blieb ihm keine Zeit für solche Gedanken.

Rhodan hatte sich schon immer bemüht, die Gründe für menschliches Verhalten zu erforschen. Es fiel ihm dann leichter, sich auf seine Begleiter einzustellen. Er wußte, daß er Borghese noch einige Zeit zügeln konnte, aber er mußte ihn irgendwie ablenken.

Borghese und Kersh trugen beide einen echten Parasiten. Sie achteten ängstlich darauf, daß sie damit nicht in Rhodans unmittelbare Nähe kamen. Die Puppen hatten wiederholt versucht zu flüchten. Ihre Bewegungen waren jedoch zu langsam. Rhodan hatte beobachtet, daß die Puppen zur Kontaktaufnahme oder zur Fortbewegung zwei Pseudofinger aus den Augenhöhlen wachsen ließen. Damit saugten sie sich fest oder krochen davon.

Das bedeutete, daß sich die Protoplasmaklumpen in den Puppenkörpern verändern konnten. Sie waren in der Lage, jede Form anzunehmen, die der Masse ihrer Substanz entsprach. Es war kein kühner Gedankensprung nötig, diese Fähigkeit mit den Eigenschaften der beiden Kolonisten zu vergleichen. Die Parasiten beherrschten in vereinfachter Form das, was Borghese und Kersh bei der Umwandlung ihrer Körper auszuüben verstanden. Hier war der Grund für die Immunität der Mutanten zu suchen.

Rhodan erklärte Borghese seine Gedanken.

Der riesenhafte Kolonist klopfte empört gegen die Puppe, die oberhalb seines Nabels hing.

»Wollen Sie damit sagen, daß wir irgend etwas mit diesen Dingern zu tun haben?« erkundigte er sich.

»Die Fähigkeit der Parasiten dürfte eine instinktive sein«, meinte Rhodan. »Kersh und Sie sind in der Lage, die paranormalen Kräfte geistig zu steuern. Das Protoplasma in den Puppenkörpern tut weiter nichts, als eine natürliche körperliche Eigenschaft auszunutzen. Alles deutet jedoch darauf hin, daß die Puppen von anderen Wesen gesteuert werden. Diese Steuerung kann mechanisch durch gewisse Reize erfolgen oder auf geistiger Ebene durchgeführt werden. Beides klingt zunächst unwahrscheinlich.« Er zeigte auf die Puppe an Borgheses Körper. »Nehmen wir einmal an, daß im Innern der Puppe mikroelektronische Anlagen eingebaut sind, die auf bestimmte Impulse das Protoplasma zu den gewünschten Handlungen veranlassen. Ich glaube nicht, daß die Puppen ihre Befehle auf telepathischer Basis entgegennehmen, aber es gibt schließlich noch andere Methoden.«

Borghese hörte ihm mit verschlossenem Gesicht zu. Im Augenblick schien er seine Unternehmungslust vergessen zu haben.

»Sie können Ihre Hand durch den Willen Ihres Gehirnes verformen«, fuhr Rhodan fort. »Es wäre absurd, Ihrer *Hand* nun Intelligenz zuzuschreiben, da sie ja lediglich Befehle Ihres Gehirns empfängt und durch nervliche Reizungen ausführt. Allerdings ist Ihre Hand Teil eines ganzen Körpers, die, wenn man sie vom Hauptkörper trennt, völlig leblos wird. Das Protoplasma hingegen kann eine völlig unempfindliche Substanz sein, die man immer wieder teilen kann, ohne daß einer der Teile stirbt. Jeder Klumpen dieser Substanz lebt weiter und kann auf einem uns unbekannten Weg Befehle *seines* Gehirns – was immer das ist – entgegennehmen.«

Borghese kratzte sich im Nacken.

»Sie reden, als wüßten Sie genau über diese Dinger Bescheid«, sagte er im Flüsterton. »Was stellen Sie sich unter dem Gehirn der Parasiten vor?«

»Es kann alles mögliche sein«, erwiderte Rhodan. »Vielleicht werden wir es bald erfahren.«

»Würde es genügen, das sogenannte Gehirn zu vernichten, um die Puppen auszuschalten?« erkundigte sich Kersh.

»Wenn sich meine Theorie bewahrheiten sollte – ja«, gab Rhodan zurück.

Borgheses Miene hellte sich etwas auf. »Voraussichtlich werden wir auf jener Welt landen, auf der das Gehirn lebt«, sagte er.

»Das ist durchaus möglich«, stimmte Rhodan zu. »Aus diesem Grund müssen wir uns jetzt ruhig verhalten. Was nützt es, wenn wir einige Männer der Besatzung befreien und dann überwältigt werden? Wir müssen auf unsere Chance warten.«

Die nächsten Stunden verstrichen unter Schweigen. Kersh fiel in einen unruhigen Schlaf. Borghese hatte seine Ellenbogen auf die Knie gestützt und starrte vor sich hin. Entspannt lag Rhodan gegen die Wand gelehnt.

Die ALAMO raste dem unbekannten Ziel entgegen.

Es war ein kaum hörbarer Unterschied, ein leichtes Ansteigen des Summens, das von den Triebwerken kam. Für Perry Rhodan jedoch war es ein untrügliches Zeichen, da das Raumschiff aus der Librationszone in den Normalraum zurückgekehrt war. Der Linearflug war unterbrochen worden.

Rhodans Körper spannte sich. Noch wußte er nicht, ob eine Landung bevorstand oder der Flug nur kurz unterbrochen wurde. Er preßte sein Ohr gegen die Wand, um zu lauschen. Das Metall übertrug die leichteste Vibration, die auf ein Bremsmanöver hinwies. Ein geübtes Gehör konnte an den

Geräuschen feststellen, ob eine Änderung eingetreten war, die auf eine Beschädigung der Triebwerke hindeutete.

Die Zahl der Raumschiffe, in denen sich Perry Rhodan während seines Lebens aufgehalten hatte, war groß. Nicht immer war er als freier Mann mitgeflogen. So hatte er gelernt, aus den geringsten Anzeichen etwas über das Verhalten von Raumschiffen zu erfahren.

Borghese wurde auf Rhodans Bemühungen aufmerksam.

»Was ist los?« fragte er unruhig.

Rhodan bedeutete ihm zu schweigen. Der Kolonist wartete ungeduldig, bis sich Rhodan nach vorn beugte.

»Wir werden bald landen«, erklärte Rhodan. »Die ALAMO hat den Linearflug unterbrochen. Ihre Geschwindigkeit wird schnell vermindert.«

Borghese starrte ihn mißtrauisch an, sagte jedoch nichts. Sie weckten Kersh und erklärten ihm die Lage. Borghese kroch unter der Hauptsäule hervor. Er spähte in den Verladeraum.

Rhodan ließ ihn gewähren. Im Augenblick bestand keine Gefahr, daß einer der Parasitenträger in den Verladeraum kam. Rhodan hatte noch keine klaren Vorstellungen davon, was sie nach erfolgter Landung tun würden. Da es so aussah, als sollte die ALAMO mit Puppen beladen werden, erschien ein längerer Verbleib im Verladeraum zu gefährlich. Am günstigsten schien es zu sein, wenn sie sofort nach der Landung versuchten, das Schiff zu verlassen.

Rhodan bedauerte, daß sie nicht bewaffnet waren. Er scheute zwar davor zurück, auf Angehörige der Flotte zu schießen, aber im Ernstfall hätten sie sich befreien können. Nun mußten sie darauf vertrauen, daß es ihnen gelang, die Parasiten zu überlisten.

Nach einiger Zeit verstummten die Triebwerke vollkommen. Das zeigte Rhodan, daß die Verantwortlichen in der Zentrale mit Hilfe der Antigravfelder landeten. Rhodan schloß daraus, daß es auf dem unbekannten Planeten keinen befestigten Landeplatz gab. Er stellte sich vor, wie jetzt die Landestützen ausgefahren wurden, die sich jeder Unebenheit anpaßten und das Schiff in normaler Lage hielten.

Jetzt konnte es nicht mehr lange dauern, bis die ALAMO endgültig aufsetzte. Rhodan unterdrückte die Erregung, die von ihm Besitz ergriff. Er mußte jetzt ruhig überlegen.

Hastig kroch er unter ihrem Versteck hervor. Borghese wollte ihm folgen, doch Rhodan hielt ihn mit einer Handbewegung davon ab. Er durchquerte den Raum, bis er vor dem Schott angelangt war. Vorsichtig öffnete er es und spähte in den beleuchteten Gang hinaus. Niemand war zu sehen. Die Hauptschleuse lag über ihnen. Eine kleinere Seitenschleuse, die wegen des Verladeraumes eingebaut war, blieb wahrscheinlich verschlossen. Die Parasitenträger würden die Puppen durch die Hauptschleuse hereinbringen. Die Nebenschleuse gewaltsam durch die Notbedienung zu öffnen, erschien Rhodan zu riskant. Die Männer in der Zentrale würden sofort merken, daß etwas nicht in Ordnung war.

Rhodan huschte auf den Gang hinaus. Zehn Meter von ihm entfernt gab es eine Einbuchtung. Dort waren sie bis zur Landung vor einer Entdeckung sicher. Er kehrte zum Schott zurück und winkte den beiden Kolonisten.

Gemeinsam verließen sie den Verladeraum. Borghese wirkte aufgeregt, während sich Kersh gelassen gab. Rhodan führte sie zur Nische und drängte sie hinein. Im Halbdunkel sah er die Gesichter der Kolonisten leuchten.

»Hier können wir nicht bleiben«, protestierte Borghese.

»Warten Sie«, sagte Rhodan scharf.

Er verließ die Nische und glitt in den Gang hinaus. Seine Augen suchten das nächste Schott. Von dort würden die willenlosen Männer kommen. Solange durften sie jedoch nicht warten. Er hoffte, daß sich Borghese ruhig verhielt. Als er das Schott erreichte, spürte er, daß die ALAMO aufsetzte. Er zögerte nicht, das Schott schnell zu öffnen. Er dachte daran, was geschehen würde, wenn sich jetzt auf der anderen Seite einige Parasitenträger nähern würden.

Als er das Schott aufgestoßen hatte, stellte er erleichtert fest, daß der Gang zum Antigravschacht frei war. Der Schacht führte zur Zentrale der ALAMO hinauf. Der Kommandoraum lag genau im Mittelpunkt des Kugelschiffes. Er war Zentrum und Herz des Schiffes zugleich.

Rhodan hatte jedoch nicht vor, sich mit seinen Begleitern dorthin zu begeben. Er fand sich jetzt in einem der unzähligen Gänge, die wie Achsen durch das Schiff liefen. Weitere Gänge führten an der Innenwand der ALAMO entlang. Irgendwie waren sie alle miteinander verbunden. Es war ein genau durchkonstruiertes System, in das sich die Antigravschächte als Verbindungen einfügten.

Er fragte sich, ob die Befallenen den Landesteg ausfahren oder den Antigravlift neben der Hauptschleuse errichten würden. Er tippte auf den Landesteg, denn über ihn konnte das Schiff schneller beladen werden. Da der Leichte Kreuzer kein ausgesprochenes Frachtschiff war, verfügte er nicht über Verladekräne.

Rhodan kehrte um und rief die beiden Kolonisten. Borghese und der Junge folgten ihm.

»Wir müssen durch den Antigravschacht«, verkündete Rhodan. »Das bedeutet, daß wir unmittelbar an der Zentrale vorbeikommen. Wir warten jetzt ungefähr zehn Minuten. Danach können wir sicher sein, daß alle Männer, die den Kommandoraum verlassen, bereits gegangen sind.«

»Warum versuchen wir nicht zum Hangar zu kommen?« erkundigte sich Borghese.

»Daran habe ich auch schon gedacht«, sagte Rhodan. »Es könnte uns vielleicht gelingen, eines der Beiboote startfertig zu machen, aber es besteht die Gefahr, daß wir abgeschossen werden, sobald wir aus dem Hangar fliegen. Die Kontrollen des Hangars gehen über die Zentrale. Nur bei einem Angriff auf das Schiff schaltet sich automatisch eine Notbedienung ein, damit Schiffbrüchige sich jederzeit retten können.«

Sie gelangten vor dem Schacht an.

»Er ist in Betrieb«, gab Rhodan bekannt. »Ich werde ihn zuerst betreten. Folgen Sie mir erst, wenn ich Ihnen ein Zeichen gebe, daß oben alles in Ordnung ist.«

Borghese fragte: »Was sollen wir tun, wenn Sie uns dieses Zeichen nicht geben können?«

»Ziehen Sie sich sofort zurück. Versuchen Sie, mit dem Jungen allein durchzukommen. Auf keinen Fall dürfen Sie mir folgen, um mich aus den Händen der Befallenen zu befreien.«

Borghese nickte nachdenklich. Im gleichen Augenblick packte er Rhodan und stieß ihn zurück. Der Angriff kam so unerwartet, daß Rhodan keine Gelegenheit zu einer Reaktion hatte. Borghese grinste und trat in den Antigravschacht. Gleich darauf verschwand er in der Öffnung. Kersh lächelte schwach.

Rhodan beschloß, zukünftig noch besser auf Borghese zu achten. Dieser Mann war unberechenbar.

»In Ordnung!« hörte er den Kolonisten gleich darauf rufen. »Schicken Sie jetzt den Jungen herauf.«

Rhodan nickte Kersh zu. Der Mutant verschwand im Antigravschacht. Wenige Sekunden später folgte ihm Rhodan. Borghese stand im Ausgang, als der Terraner oben ankam. Er lächelte Rhodan entschuldigend zu.

»Sie sind für dieses Unternehmen wichtiger als ich«, sagte er leise.

Rhodan mußte lachen. Borghese hatte eigenartige Methoden, seine Ansichten durchzusetzen.

Sie befanden sich jetzt in unmittelbarer Nähe der Zentrale. Das Schott zum Kommandoraum war geschlossen. Der Gang zur Hauptschleuse lag verlassen vor ihnen. Das Glück schien ihnen treu zu bleiben. Sie gingen am Eingang zur Zentrale vorüber. Im Schiff war es nach wie vor vollkommen ruhig.

Ungehindert erreichten sie die Schleusenkammer. Die Hauptschleuse stand offen. Graues Licht fiel ins Schiff. Rhodan spürte, daß sich ein eigenartiger Druck auf seine Brust legte. Eine unerklärliche Drohung schien durch die geöffnete Schleuse ins Schiff zu dringen.

Dann konnten sie aus der Schleuse blicken.

Vor ihren Augen breitete sich eine fremde Welt aus: die Welt der Eroberer.

10.

Es war eine düstere Welt, eine Welt, auf der Grau die vorherrschende Farbe war. Der Regen hing wie ein dichtes graues Tuch über dem Land. Er klatschte gegen die ALAMO, lief in grauen Bächen an ihren Rundungen hinab. Im Hintergrund ragten dunkle Schatten auf. Das mußten Berge sein.

Diese Welt erstickte in Feuchtigkeit. Die Luft war so feucht, daß sie sich im Innern der Schleuse in kleinen Wasserperlen niederschlug.

Und in dieses düstere Land hinein ragte der Landesteg der ALAMO.

Benommen sagte Borghese: »Man kann kaum etwas erkennen.«

Der Planet zählte zu jenen Welten, auf denen das Leben sich gerade zu entwickeln begann. Rhodan vermutete, daß gewaltige Meere seine Oberfläche bedeckten. Und in diesen Meeren wimmelte es von Leben, das sich allmählich anschickte, das Wasser zu verlassen und neuen Lebensraum an Land zu finden.

Es war nicht schwierig, das Protoplasma in dieses Bild einzufügen. Nur eine Frage blieb auch beim Anblick dieses Planeten unbeantwortet: Wer stellte die Puppenkörper her, in denen die Parasiten in den Weltraum gebracht wurden?

Von der Besatzung der ALAMO war nichts zu sehen. Ein Teil der Männer mochte im Schiff geblieben sein, die anderen waren hinter der grauen Wand des Regens verschwunden. Rhodan trat auf den Landesteg hinaus. Regen schlug ihm ins Gesicht. Der Boden des Landesteges war naß und glitschig. Das Ende des Steges war kaum zu sehen. Je näher sie dem Boden der unbekannten Welt kamen, desto dunkler wurde es. Bodennebel lagerte überall und versperrte die Sicht.

Die Berge, die sie von der Schleuse aus hatten erkennen können, verschwanden im Dunst.

»Wie sollen wir uns dort unten zurechtfinden?« wollte Borghese wissen.

»Der Regen hat auch seine Vorteile«, entgegnete Rhodan. »Man kann uns nicht so leicht entdecken.«

Als sie fast unten angekommen waren, tauchten verschwommene Gestalten im Nebel auf. Rhodan erblickte sie zuerst. Es waren Mitglieder der Besatzung. Sie hatten die drei Männer bereits gesehen, wußten aber offenbar noch nicht, daß es sich um Gegner handelte. Borghese stieß eine Verwünschung aus.

Für eine Umkehr war es zu spät. Wenn sie jetzt ins Schiff zurückgekehrt wären, hätten sie mit einer Suchaktion rechnen müssen. Die Puppenträger blieben stehen. Es waren fünf Männer. Leutnant Rore Kalmat war unter ihnen.

Rhodan und Borghese nahmen den Jungen in die Mitte und gingen langsam auf die Gruppe zu. Sie waren bereits völlig durchnäßt. Ihre Kleider klebten am Körper.

Kalmat stellte sich ihnen in den Weg.

»Wir müssen euch untersuchen«, sagte er steif.

Rhodan hielt Borghese zurück. Die Situation hatte etwas Unwirkliches. Die Befallenen wirkten wie eine Gruppe makabrer Gespenster.

»Wozu?« fragte er ruhig.

Der Leutnant starrte ins Leere. Er schien einige Zeit zu brauchen, um Rhodans Frage zu verarbeiten.

»Es könnte sein, daß ihr nicht zu den wahren Trägern der Macht gehört«, erwiderte Kalmat gleichgültig.

Rhodan senkte den Kopf, als wollte er nach seiner imitierten Puppe greifen. Unbewußt folgte Kalmat diesem Blick. Rhodans Faust schoß wie aus dem Nichts gegen Kalmats Kinn. Der Terraner hatte alle Kraft in diesen Schlag gelegt. Mit einem erstickten Laut kippte der Offizier zur Seite. Er drehte sich und fiel gegen einen anderen Befallenen. Der Nebel schien alle Geräusche aufzusaugen. Dadurch wirkten die Bewegungen der Männer langsamer, als sie in Wirklichkeit waren. Kalmats Körpergewicht genügte, um den anderen Mann aus dem Gleichgewicht zu bringen. Die beiden Parasitenträger fielen den Landesteg hinab. Als erwachten sie aus einem Traum, begannen die drei anderen Männer zu handeln.

Da schob sich Borghese an Rhodan vorüber und ging zum Angriff vor. Seine mächtige Gestalt versperrte Rhodan einen Augenblick die Sicht. Er sah die Arme des Kolonisten durch die Luft wirbeln. Ein dumpfer Aufprall folgte. Als sich Borghese bückte, sah Rhodan, daß der vordere der Angreifer bereits außer Gefecht gesetzt war. Rore Kalmat kam auf Händen und Knien aus dem Nebel gekrochen.

Der zweite Gegner wurde von Borghese mit dem Kopf gerammt. Der Mann knickte ein und taumelte zurück. Kalmat begann laut um Hilfe zu rufen. Rhodan packte Kersh am Arm und zog ihn zwischen den Männern hindurch. Einer der Befallenen wollte nach ihm greifen, aber mit einem Handkantenschlag hielt ihn Rhodan auf. Dann verschluckte sie der Nebel. Sie erreichten das Ende des Landesteges. Ihre Füße traten auf felsigen Boden. Kersh blickte zurück.

Eine Gestalt kam aus dem Dunst. Rhodan nahm Kampfstellung ein, aber es war Borghese, der sich keuchend näherte. Haar klebte in seinem Gesicht. Seine Brust hob und senkte sich. In seinen Augen glitzerte es.

»Das Versteckspiel ist vorüber«, sagte er. »Jetzt wissen die Burschen, daß wir hier sind.«

Rhodan maß ihn mit ernstem Blick. »Glauben Sie nicht, daß Sie sich jetzt nach Herzenslust herumprügeln können«, sagte er. »Die Parasiten werden nichts unversucht lassen, uns zu erwischen. Die Tatsache, daß es uns gelungen ist, auf ihrem Heimatplaneten zu landen, beweist ihnen, daß wir gefährlich sind. Sie werden nichts unversucht lassen, uns zu überwältigen. Wir haben nichts zum Essen und werden wohl kaum eine trockene Unterkunft finden. Der Weg zur ALAMO bleibt uns versperrt, denn sie werden sie jetzt scharf bewachen. Unsere Lage hat sich verschlechtert.«

Borghese senkte den Kopf. »Sie haben recht«, gab er zu. »Wir sitzen in der Falle. Wenn wir nicht verhungern, ertrinken wir in diesen Regenfluten.«

Rhodan zog die beiden Kolonisten mit sich fort. Unmittelbar neben dem Schiff waren sie ständig gefährdet. Obwohl es für die Puppenträger schwierig war, ihre Gegner unter diesen Verhältnissen zu suchen, würden sie es bestimmt nicht unversucht lassen.

Ihr Problem bestand jetzt darin, daß sie ihr Vorhaben in einem viel kürzeren Zeitraum ausführen mußten, als sie geglaubt hatten. Hunger und Krankheiten waren starke Gegner. Zwar war Rhodan dank seines Zellaktivators nicht anfällig, aber er mußte an die beiden Männer von Quentins Planet denken, ohne deren Hilfe er nie Erfolg haben konnte.

»Wir müssen den Platz finden, wo sich die Herren der Puppen aufhalten«, sagte Rhodan. »Sobald uns das gelungen ist, müssen wir versuchen, das *Gehirn* zu zerstören, was immer es ist.«

Borghese wischte über sein nasses Gesicht. Der Regen nahm ihnen fast den Atem. Das Gestein am Boden war vollkommen ausgewaschen. Rhodan nahm an, daß es überall Höhlen gab. Zwischen der Annahme und dem Entdecken einer dieser Höhlen lag jedoch ein beträchtlicher Unterschied. Dazwischen konnte so viel Zeit verstreichen, daß die ALAMO diese Welt bereits wieder verlassen hatte, wenn sie endlich einen Unterschlupf gefunden hatten.

Der Boden zu Rhodans Füßen war mit einer zähen Masse bewachsen. Das konnte Moos oder Flechten sein. Diese anspruchslosen Gewächse hatten den Kampf mit der rauhen Natur aufgenommen. In Jahrhunderten würden hier andere Pflanzen wachsen, und in Jahrzehntausenden konnte es geschehen, daß die ersten Tiere über die Felsen wanderten, die dann vom Licht der Sonne getrocknet sein würden.

»Wir werden noch stundenlang durch den Nebel irren«, meinte Borghese. »Wenn wir blindlings herumlaufen, werden wir nie Erfolg haben.«

Der Kolonist hatte nicht unrecht. Ihr Vorgehen war planlos. Erst dann, wenn sie etwas entdeckt hatten, konnten sie mit gezielten Aktionen beginnen. Rhodan begann nachzudenken. Es mußte einen anderen Weg geben.

»Wir kehren zum Schiff zurück«, sagte er schließlich.

Borghese starrte ihn ungläubig an. »Wollen wir kapitulieren?« erkundigte er sich.

Rhodan schüttelte den Kopf. Daran dachte er nicht.

»In der Nähe der ALAMO warten wir auf einen oder mehrere Puppenträger«, verkündete er. »Wir folgen ihnen, bis sie uns an jenen Platz führen, den wir suchen.«

»Und wenn sie uns dabei aufspüren?«

»Wir müssen vorsichtig sein. Sie rechnen bestimmt nicht damit, daß wir uns in ihre Nähe wagen. Der Nebel schützt uns.«

»Ich bin dafür, daß wir ihm folgen«, warf Kersh ein. Er hatte alles Jungenhafte verloren. Sein Gesicht war ernst und gefaßt. Nur die Schatten unter den Augen deuteten auf die Strapazen hin, denen der Junge ausgesetzt war.

»Also gut«, stimmte Borghese zu. »Dieser Plan hat immerhin eine gewisse Aussicht auf Erfolg.«

Sie mußten bald feststellen, daß es im Nebel nicht so einfach war, die Richtung, aus der sie gekommen waren, zu bestimmen. Rhodan vertraute darauf, daß ihn sein Instinkt an den richtigen Platz führen würde. Während der endlose Regen auf sie herunterströmte, tasteten sie sich durch den Dunst. Das Vorwärtskommen wurde durch riesige Felsen erschwert, die ihnen immer wieder den Weg versperrten.

Rhodan wußte nicht, wieviel Zeit verstrichen war, als sie endlich eine der Landestützen des Schiffes in den Nebelschwaden auftauchen sahen. Etwas später hielten sie in der Nähe des Landesteges an. Einmal hörten sie Stimmen aufklingen, konnten jedoch nicht verstehen, was gesprochen wurde. Nachdem sie eine Weile gewartet hatten, kam eine Gruppe von Männern vom Schiff herunter. Borghese warf Rhodan einen fragenden Blick zu. Rhodan schüttelte den Kopf.

»Es sind zu viele«, sagte er leise. »Wir müssen warten, bis eine kleinere Gruppe das Schiff verläßt.«

Rhodan bemerkte, daß Kersh zu frieren begann. Der Junge gab sich Mühe, seine Schwäche zu unterdrücken, aber ab und zu erschauerte sein schlanker Körper. Rhodan hoffte, daß Kersh durchhalten würde. Dichte Regenschauer wurden gegen die ALAMO geweht. Das Platschen des Wassers übertönte die Geräusche, die die Puppenträger beim Verlassen des Schiffes verursachten.

Borghese wurde ungeduldig. Wieder erschienen Gestalten im Nebel, aber es waren Männer, die zum Schiff zurückkehrten. Sie trugen irgend etwas auf ihren Armen. Rhodan konnte nicht feststellen, ob es sich um Puppen handelte.

Endlich kamen zwei Männer den Landesteg herunter. Rhodan gab den beiden Kolonisten einen Wink. Ahnungslos gingen die Befallenen an ihnen vorüber. Ihre vor Nässe glänzenden Gesichter verrieten keine Gefühle. Rhodan ließ den Raumfahrern vier Meter Vorsprung. Sie waren auf diese Entfernung nur als undeutliche Schemen zu erkennen. In gebückter Haltung schlichen sie den willenlosen Werkzeugen der Parasiten nach.

Die beiden Männer schienen genau zu wissen, wo ihr Ziel lag, denn sie bewegten sich schnell durch die düstere Umgebung. Rhodan vermutete, daß sie durch die Parasiten gesteuert wurden. Ein Seitenblick auf Kersh zeigte ihm, daß der junge Mutant erregt war. Borgheses Gesicht zeigte grimmige Entschlossenheit.

Sie entfernten sich immer weiter vom Schiff. Der Weg, den sie einschlugen, führte bald in die Höhe. Das Vorwärtskommen wurde schwieriger.

Dann wurde ein flaches Gebäude aus ineinandergefügten Metallplatten zwischen den Felsen sichtbar.

Die beiden Männer von der ALAMO verschwanden durch den niedrigen Eingang im Innern des Gebäudes. Borghese schien enttäuscht.

»Nach mehr als einer Lagerhalle sieht das hier nicht aus«, sagte er im Flüsterton.

Rhodan kam es so vor, als sei die Temperatur gestiegen, seit sie in der Nähe des Gebäudes angekommen waren. Das Haus wirkte wie ein Fremdkörper auf dieser Welt. Vergeblich bemühte sich Rhodan, eine vernünftige Erklärung für sein Vorhandensein zu finden.

»Die Puppen!« zischte Kersh. »Sie benehmen sich eigenartig.«

Die Parasiten, die Borghese und sein Sohn trugen, versuchten zu flüchten. Borghese und Kersh mußten die Puppen mit den Händen festhalten.

Die Nebelschwaden um das Haus lichteten sich. Rhodan konnte jetzt die Front des Gebäudes besser erkennen. Jetzt sah er, aus welchem Material das Haus gebaut war.

Es bestand aus den Zellwänden eines Raumschiffes.

Daran war kein Zweifel möglich. Die Leichtmetallwände konnten von einem einzelnen Mann getragen werden. Innerhalb von Minuten konnte man damit die Räumlichkeiten eines Schiffes verändern. Diese Methode wurde in erster Linie bei Passagier- und Frachtschiffen angewandt.

Sollte auf diesem Planeten ein Raumschiff abgestürzt sein, oder hatte man die Wände einzeln hierhergebracht?

»Das Haus besteht aus Teilen eines Raumschiffes«, erklärte er seinen Begleitern.

»Wurde es von Terranern gebaut?« fragte Borghese.

»Die einzelnen Teile können terranischen Ursprungs sein«, sagte Rhodan. »Wer sie jedoch hierhergebracht und aufgebaut hat, ist eine andere Frage.«

»Gehen wir doch hinein und sehen nach«, schlug der Kolonist trocken vor.

»Aus irgendeinem Grund spielen die Puppen verrückt«, antwortete Rhodan nachdenklich. »Daß muß mit der Nähe dieses Gebäudes zusammenhängen. Ich verspüre wenig Lust, in dieses Haus zu gehen.«

»Ich habe es einfach satt, mich ständig vor den Parasiten zu verstecken«, murrte Borghese.

Der Kolonist stand vor einer nervlichen Krise. Die ständige Anspannung war für den Einsiedler zuviel. Rhodan konnte ihn verstehen. Doch jetzt war der Zeitpunkt gekommen, da sie nur durch vorsichtiges Handeln Erfolg haben konnten. Wenn Borghese die Nerven verlor, konnte er ihr Vorhaben gefährden.

»Es geht nicht darum, was Ihnen gefällt«, sagte Rhodan scharf. »Wir sind hier, um zu verhindern, daß die Galaxis eines Tages von diesen Puppen beherrscht wird.«

Borghese fuhr mit der flachen Hand übers Gesicht und starrte mürrisch vor sich hin. Die Puppe zappelte in seiner anderen Hand. Mit einer Verwünschung schleuderte er sie in den Regen hinein. Sie hörten sie irgendwo aufschlagen. Irgendwie schien das eine Reaktion in Borghese zu bewirken. Seine Schultern sackten nach unten. Unsicher fuhr er mit der Zunge über die Lippen.

»Ich wollte nur ...«, setzte er an.

»In Ordnung«, knurrte Rhodan. »Ich hoffe, es hat Ihnen geholfen.«

Drei Männer kamen aus dem Haus. Hastig zogen sich die Beobachter zurück. Als die Befallenen im Nebel verschwunden waren, tippte Rhodan dem Riesen von Quentins Planet auf die Schulter.

»Wir werden das Haus von den anderen Seiten inspizieren«, gab er bekannt. »Vielleicht entdecken wir irgend etwas, was uns weiterhelfen kann.«

Borghese nickte. Sie setzten sich in Marsch. Der Regen strich schräg von den Bergen herunter. Er drückte die vollgesaugten Kleider gegen ihre Körper. Das Wasser lief Rhodan den Rücken hinab. Die Felsen um das Haus herum schienen zu dampfen. Zwischen den Steinen schossen unzählige Bäche ins Tal.

Das Haus aus Raumschiffswänden war buchstäblich an den Hang geklebt. Eine Vertiefung im Berg schützte es vor Steinschlag und Regenfluten. Die Erbauer hatten durchaus menschliche Erwägungen in Betracht gezogen. Bewies das aber schon, daß es Menschen waren?

»Nirgends ein Fenster zu erkennen«, schnaubte Borghese.

Wozu, überlegte Rhodan sarkastisch, brauchte jemand auf dieser düsteren Welt ein Fenster? Ein Eingang genügte vollkommen. Außerdem stand es nicht fest, daß die Bewohner dieses Hauses Augen besaßen. Und Augen waren nicht die einzige Methode, die die Natur ihren Geschöpfen zum Sehen mitgegeben hatte.

»Warum klettern wir nicht auf das Dach?« fragte Kersh. »Dort kann es einen Abzugsschacht oder eine Luke geben.«

Sie näherten sich dem mysteriösen Bauwerk. Das Haus war ungefähr zwanzig Meter lang, aber nur halb so breit. Es erreichte die Höhe eines aufrecht gehenden Mannes von durchschnittlicher Größe.

Rhodans Hände tasteten über das nasse Metall. Dunkle Flecken erregten seine Aufmerksamkeit. Er beugte sich dichter darüber. Er sah, daß es Buchstaben waren. Etwas war auf die Metallplatten aufgedruckt, in Interkosmo. Die Platten waren jedoch so ungenau ineinandergefügt, daß Rhodan den Sinn des Aufdrucks nicht verstand. Er suchte weiter. Schließlich fand er eine Stelle, an der die Aufschrift fast vollständig zu lesen war.

TNER BEC TAMM stand da. *Bec* bedeutete in der Übersetzung soviel wie *von. tner* bildete den Schlußteil eines Wortes. Die Buchstaben hinter dem wort *tamm* verschwanden unter einer sich darüberschiebenden Platte. Rhodan dachte angestrengt nach.

»Verstehen Sie das?« murmelte Borghese hinter ihm.

Rhodan biß sich auf die Unterlippe. Den Wortteil *tamm* mußte er nicht übersetzen. Er gehörte zu einem Eigennamen. Voll ausgeschrieben stand TAMMAT auf den Platten.

Und Tammat war der Planet, auf dem das Unheil begonnen hatte.

Rhodan fuhr so schnell hoch, daß Borghese unwillkürlich einen Schritt zurücktrat.

»Sie wissen es?« Borghese riß die Augen auf.

»Es ist jetzt etwas über ein Jahr her, daß von der terranischen Kolonie Tammat im Ganter-System ein Raumschiff startete, das den stolzen Namen CENTNER BEC TAMMAT trug. Das heißt soviel wie *Vorhut von Tammat.*«

»Aber wie kommt dieses Schiff hierher?« wollte Borghese wissen.

»Es handelt sich nur um Teile dieses Schiffes. Das Schiff selbst kehrte nach Tammat zurück. Ich glaube jetzt zu wissen, daß es eine gefährliche Fracht an Bord hatte: Parasiten.«

Borghese kniff die Augen zusammen. Sein Gesicht drückte Verständnislosigkeit aus. Rhodan lehnte sich mit dem Rücken gegen das Haus. Er begriff jetzt viel, aber gleichzeitig tauchten neue Fragen auf.

Die CENTNER BEC TAMMAT war angeblich von Tammat aus zum dritten Planeten des Ganter-Systems gestartet. Hatte die Besatzung dort die Parasiten gefunden? Das konnte bedeuten, daß sie sich jetzt auf dieser Welt befanden.

Rhodan wußte, daß das Ganter-System vor der Kolonisierung Tammats sorgfältig nach gefährlichen Lebensformen abgesucht worden war. Das handhabte die Flotte bei allen Kolonialplaneten gleich. Es war zu gefährlich, eine einladende Welt zu kolonisieren, ohne sich die benachbarten Planeten anzusehen. Doch die Untersuchungsspezialisten waren nicht unfehlbar. Es lag durchaus im Bereich des Möglichen, daß auch hochwertige Geräte einmal etwas übersahen. Wenn es auf dieser Welt gefährliches Protoplasma gab, dann konnte es den Männern der Erkundungsschiffe als harmlose Lebensform erschienen sein, wenn sie es überhaupt entdeckt hatten.

War die Besatzung der CENTNER BEC TAMMAT von den Parasiten gezwungen worden, dieses Gebäude zu errichten? Nein, dachte Rhodan, das war mehr als unwahrscheinlich. Warum sollte eine Lebensform, die als Protoplasma existierte und wohl kaum über Intelligenz verfügt, plötzlich das Bedürfnis nach einem schützenden Gebäude haben?

Bisher war Rhodan der Ansicht gewesen, daß die Puppen nichts weiter als ausführende *Hände* eines *Gehirns* waren. Jetzt revidierte er seine Ansicht.

Sicher schien im Augenblick nur zu sein, daß die CENTNER BEC TAMMAT die ersten Parasiten in den Weltraum getragen hatte. Auf der Kolonie hatten sich die Parasiten in aller Ruhe ausbreiten können.

Aber warum sollte ein Wesen, das wie das Protoplasma auf äußere Reizungen angewiesen war, um überhaupt irgendwie zu reagieren, seine Ursprungswelt verlassen und eine Invasion beginnen? Rhodan glaubte längst nicht mehr daran, daß ein Gehirn im konventionellen Sinne der einzige Platz für Vernunft war, aber er bezweifelte, daß die Parasiten selbständig denken konnten.

»Was werden wir jetzt tun?« drang Borgheses Stimme in Rhodans Gedanken. »Die Tammater haben dieses Gebäude bestimmt nur als Stützpunkt aufgebaut. Dann wurden sie von den Parasiten angegriffen und überwältigt.«

»Warum hätten die Kolonisten dieses Haus errichten sollen?« fragte Rhodan. »Sicher beabsichtigten sie nicht, im Laufe der nächsten Jahre wieder hier zu landen. Sie haben für mehrere hundert Jahre noch genügend Arbeit auf ihrem eigenen Planeten. Der Raumflug zu dieser Welt bedeutete für sie mehr einen Prestigeerfolg.«

Borghese kratzte sich ratlos am Kinn. »Aber aus irgendeinem Grund muß das Haus hier gebaut worden sein«, stellte er kategorisch fest.

Rhodan deutete auf das Dach.

»Helfen Sie dem Jungen hinauf. Er hat das geringste Körpergewicht.«

Borghese ergriff Kersh unter den Armen und stemmte ihn hoch. Mit beiden Händen umklammerte Kersh den Rand des Daches und zog sich hinauf. Es gab ein kaum wahrnehmbares Geräusch, als er aufstand und aus der Sicht der beiden Männer verschwand.

Eine Weile hörte Rhodan nichts als das Trommeln des Regens auf dem Metalldach. Borghese lehnte sich neben ihm gegen die Wand und starrte ins Leere.

Als Kersh zurückkehrte, sah sein Gesicht grau und eingefallen aus. Er ließ sich auf dem Dach nieder, so daß er mit den beiden Männern sprechen konnte, ohne die Stimme zu erheben. Borghese merkte sofort, daß etwas nicht in Ordnung war.

»Was hast du gesehen?« fragte er.

Kersh schluckte.

»In der Mitte des Daches ist eine Entlüftung eingebaut«, berichtete er stockend. »Es kann auch irgend etwas anderes sein. Man ... kann ins Innere des Gebäudes blicken ...«, seine Stimme versagte. Er verbarg den Kopf in den Armen.

Borghese zog sich am Dachrand hinauf und schwang ein Bein über die glatte Metallfläche. Er rollte sich neben seinen Sohn und klopfte ihm beruhigend auf den Rücken.

Da das Dach Borghese zu tragen schien, kletterte Rhodan ebenfalls hinauf. Überall zwischen den Metallplatten hatten sich Wasserlachen gebildet. Im Mittelpunkt des Daches konnte Rhodan undeutlich eine Erhöhung erkennen. Dort mußte Kersh seine Beobachtung gemacht haben.

Borghese zog seinen Sohn auf die Beine.

»Er ist krank«, sagte er anklagend. »Er zittert.«

»Bleiben Sie bei ihm«, forderte ihn Rhodan auf. »Ich sehe mich hier oben um. Vermeiden Sie jeden Lärm.«

Rhodan entfernte sich vom Rand des Daches. Was immer der Junge gesehen hatte, es mußte mit der Lösung ihres Problems zusammenhängen. Behutsam setzte Rhodan seine Füße auf. Er wollte vermeiden, daß man ihn hörte. Er hoffte, daß das Plätschern des Regens alle anderen Geräusche verschluckte.

Rhodan erreichte den Entlüftungsschacht. Warme Luft stieg daraus hervor. Ein Regenkonus verhinderte, daß es in die Öffnung regnete. Wer immer dieses Gebäude errichtet hatte, war in großer Eile und ohne Sorgfalt vorgegangen.

Rhodan beugte sich neben dem Schacht hinab. Langsam schob er den Kopf über die Öffnung. Der Raum unter ihm war erhellt. Wahrscheinlich hatten die Männer von der ALAMO Scheinwerfer mitgebracht.

Es dauerte wenige Augenblicke, bis sich Rhodans Augen an die Helligkeit gewöhnt hatten. Dann sah er das Innere des Gebäudes. Es gab keine Zwischenwände, so daß der ganze Innenraum des Hauses zu überblicken war.

Ein eigenartiger Geruch strömte durch den Schacht. Die weiße Masse, die sich über den gesamten Boden ausbreitete, schien das Protoplasma zu sein, das sich auch in den Puppenkörpern befand. Mindestens dreißig Puppenträger waren damit beschäftigt, sich mit Klumpen dieser Masse zu beladen.

Dieser Anblick konnte Rhodan nicht erschüttern. Im Hintergrund des Raumes sah er jedoch etwas anderes. Dort hatten sich zwei Erhebungen gebildet, die aus der lebendigen Substanz hervorragten. Die beiden Plasmahügel erinnerten in ihrer Form entfernt an menschliche Körper. Die Gesichter waren nahezu glatte Flächen, ohne Augen, Nase, Mund und Ohren. Die Pseudomenschen schwankten hin und her, als bereite es ihnen Schwierigkeiten, ihre jetzige Form beizubehalten. Doch es war nicht das Aussehen dieser Plasmafiguren, das Rhodan erschreckte. Er sah noch etwas, was deutlich darauf hinwies, daß sich hier eine Tragödie abgespielt hatte.

Um die Pseudokörper herum lagen Uniformfetzen verstreut.

Rhodan zog den Kopf zurück. Der Regen schlug mit elementarer Wucht gegen seinen Körper. Rhodan richtete das Gesicht nach oben. Aber die Nässe genügte nicht, um seine Benommenheit wegzuspülen. Allmählich ließ der Schock nach. Er begann zu begreifen, daß alles, was er gesehen hatte, Wirklichkeit war.

Die Uniformstücke im Protoplasma erklärten alles. Die Eroberer waren Menschen.

11.

In Rhodans Gedanken entstand das Bild der CENTNER BEC TAMMAT. Er sah das plumpe Schiff in die feuchte Atmosphäre dieser Welt eindringen, während an Bord kaum geschulte Raumfahrer darauf warteten, den Boden des fremden Planeten betreten zu dürfen.

Wie gering mochte die mathematische Wahrscheinlichkeit dafür sein, daß das Schiff ausgerechnet an jener Stelle gelandet war, wo sich das Plasmawesen ausgebreitet hatte? Eine völlig harmlose Lebensform, die sich durch das Aufsaugen lebender Substanzen ernährte.

Rhodan stellte sich vor, wie sie aus dem Schiff herausgekommen waren, ohne Vorsicht, nur den Triumph des Augenblicks vor Augen. War es der Kommandant, der zuerst in die Substanz gestürzt war, oder einer der Offiziere? Oder der Funker?

Doch das war nicht wichtig. Zwei Männer mußten es

gewesen sein. Zwei Männer, die beinahe gleichzeitig auf die unbekannte Lebensform gestoßen waren. Waren sie wahnsinnig geworden, als das unersättliche Plasma sie blitzschnell aufgelöst hatte? Was war in ihren Gehirnen vorgegangen, als sie Teil dieses gewaltigen Körpers wurden?

Konnte man sie, nachdem sie in dieser gierigen Masse aufgegangen waren, noch als Menschen bezeichnen? Gestorben waren sie nicht. Sie hatten nur aufgehört, als Menschen zu existieren. Und sie hatten gelernt, das Plasma zu beherrschen, zu lenken und nach ihren Wünschen einzusetzen. Wahrscheinlich waren sie beide wahnsinnig geworden. Ihre kranken Gehirne – in welcher Form sie auch innerhalb des Plasmas existierten – hatten teuflische Pläne geschmiedet.

Der weitere Verlauf der Geschehnisse zeichnete sich in Rhodans Gedanken ab. Er erinnerte sich an Wilkens Worte. Der Major hatte sich an ein Unglück erinnern können, an ein Unglück und an eine Verschmelzung.

Zwei Kolonisten waren das *Gehirn* der Puppen. Es war ihnen gelungen, die Besatzung der CENTNER BEC TAMMAT zu überwältigen. Es wurde jedoch kein weiterer Raumfahrer aufgelöst. Die beiden Verunglückten beschränkten sich darauf, Teile der Substanz abzutrennen. Die Besatzung der CENTNER BEC TAMMAT wurde nicht innerhalb des Plasmas aufgenommen. Jeder Raumfahrer erhielt einen kleinen Klumpen Protoplasma. Wohl kaum einer der Tammater hatte es bemerkt, wenn über den nassen, glitschigen Boden etwas auf ihn zugekrochen war. Die Eroberung des Raumschiffes war ohne Zwischenfall verlaufen. Doch die beiden Männer innerhalb des Plasmas gaben sich damit nicht zufrieden. Sie wußten, daß man andere Schiffe schicken würde, wenn die CENTNER BEC TAMMAT nicht zurückkehrte. Deshalb mußten die willenlosen Männer das Schiff mit Protoplasma beladen. Es gab genug davon. Rhodan nahm an, daß die beiden Tammater mit jedem Teil der Substanz irgendwie in Verbindung standen. Je mehr es waren, desto schwieriger wurde es für sie, jeden Klumpen unter Kontrolle zu halten.

Da die meisten Befehle jedoch allgemein waren, gab es keine Zwischenfälle.

Die Eroberung der Kolonie Tammat mußte ein Kinderspiel gewesen sein. Voller Freude hatte die arglose Bevölkerung die Raumfahrer empfangen. Wahrscheinlich war Tammat innerhalb eines Tages besiegt worden.

Doch die beiden Wahnsinnigen verließen sich nicht auf ihr Glück. Sie mußten sich vor einer Entdeckung sichern. So kamen sie auf den Gedanken mit den Puppen. Die Puppenkörper wurden auf Tammat hergestellt. Vor dem Abflug der CENTNER BEC TAMMAT war dieses Gebäude errichtet worden. Es sollte dem Gehirn einen gewissen Schutz bieten.

Tammat schien jedoch vorläufig das Ende der Eroberungspläne der beiden Kolonisten zu sein. Sie mußten ein Schiff in die Hände bekommen. Ein Schiff und mächtige Männer, mit deren Hilfe sie ihre Pläne verfolgen konnten.

Rhodan ging langsam zum Dachrand zurück. Klar erkannte er jetzt die Hintergründe der Feierlichkeiten auf Tammat. Die beiden eroberungssüchtigen Männer hatten ein Schiff benötigt, um ihre Pläne durchzuführen. Sie hatten die ALAMO bekommen.

Erschreckt wurde sich Rhodan bewußt, daß sie nichts gegen das Plasma unternehmen konnten. Sobald sie sich in das primitive Haus wagten, waren sie verloren. Ihn, Rhodan, konnte man beeinflussen, und Borghese und den Jungen würde man auflösen, wenn sie der konzentrierten Beeinflussung widerstanden. Da sie über keinerlei Waffen verfügten, standen sie auf verlorenem Posten. Müde strich Rhodan das nasse Haar aus der Stirn.

Tammat und das Ganter-System erschien den Machthungrigen nicht mehr sicher genug. Die ALAMO war gekommen, um das Plasma nach Quentins Planet zu bringen. Dort würden die Verunglückten ihr Hauptquartier aufschlagen. Es würde nicht mehr lange dauern – dieser Gedanke ließ Rhodan erschauern –, bis es die beiden Tammater verstanden, aus dem Plasma zwei menschliche Körper zu bilden, zwei Körper, die nicht länger mehr Imitation waren, sondern bis ins letzte Detail den Aufgelösten glichen. Dann konnten sie sich von der Substanz lösen und unerkannt ein Leben führen, das ihnen gefiel. Inzwischen würden die Puppen von Quentins Planet aus den Eroberungsfeldzug fortsetzen.

12.

Seine Hilflosigkeit wirkte niederschmetternd auf Rhodan. Er war völlig deprimiert. Sein scharfer Verstand zeigte ihm erbarmungslos, wie es um ihn stand. Und nicht nur um ihn, sondern um alles intelligente Leben in der Galaxis. Das Protoplasma konnte durch die Aufnahme weiterer Lebewesen primitiver Natur sein Wachstum immer mehr ausdehnen.

Rhodan besaß keinen Anhaltspunkt, wie es möglich war, daß die beiden tammatischen Raumfahrer nach ihrem Aufgehen innerhalb des Plasmas weiterleben konnten. In gewissem Sinn war es eine fantastische Symbiose. Vorher mochte das Plasma träge über die Felsen gekrochen sein, alles aufsaugend, was seinen Weg kreuzte. Doch mit dem Auftauchen der beiden Männer hatte sich das geändert. Die Substanz reagierte nicht nur mehr auf einfache Reizwirkungen der Umgebung. System kam in ihr Verhalten. Die Substanz stellte die primitivste und höchstentwickelte Lebensform zugleich dar.

So paradox es erschien, aber das Plasmawesen konnte nur aufgrund seiner überaus einfachen Molekularstruktur Dinge tun, die für jeden Beobachter fantastisch erscheinen mußten. Nachdem es die Raumfahrer in sich aufgelöst hatte, waren ihm theoretisch keine Grenzen gesetzt. Die Substanz stellte die Summe aller Lebewesen dar, die sie aufgenommen hatte. Sie konnte, wenn auch nur instinktiv und unbewußt, die Fähigkeiten aller verschlungenen Wesen imitieren. Mit dem Fang der beiden intelligenten Wesen, den tammatischen Raumfahrern, war ein Wandel im Leben des Protoplasmas eingetreten. Es wurde sich seiner bewußt. Für dieses >Selbstbewußtsein< benötigte es zwar die Gehirne der beiden Tammater, aber das tat der Intensität des Selbstbewußtseins keinen Abbruch.

»Der Junge hat mir alles erzählt«, sagte Borghese, als Rhodan neben den Mutanten stehenblieb. »Was halten Sie davon?«

Rhodan glaubte aus einem schrecklichen Traum zu erwachen. Während seines langen Lebens hatte er schon viel Entsetzliches gesehen und erlebt. Selten jedoch hatte ihn etwas mehr schockiert als der Anblick der beiden Pseudokörper im Raum unter ihnen. »Ist es schlimm?« erkundigte sich Borghese zaghaft.

Mit leiser Stimme berichtete Rhodan von seinen Feststellungen. Die beiden Mutanten unterbrachen ihn nicht.

»Eine Bombe könnte dem Leben des Plasmas ein Ende bereiten«, sagte Rhodan abschließend. »Wir verfügen aber nicht einmal über eine Handfeuerwaffe.«

»Aber können wir denn überhaupt nichts tun?« fragte Borghese mit der stillen Verzweiflung eines Mannes, der alles zur Erreichung eines Zieles getan hat und sich dann enttäuscht sieht.

»Ich sehe keinen Weg, das Plasma zu vernichten«, erwiderte Rhodan. »Es kommt jetzt darauf an, was mit Ihnen und dem Jungen geschieht.«

»Wir können nicht zurück zur ALAMO«, stellte Borghese fest. »Sie werden den Landesteg scharf bewachen. Es bleiben uns also nur zwei Möglichkeiten: entweder ergeben wir uns den Parasiten, oder wir irren zwischen den Felsen umher, bis wir verhungern.«

»So sieht es aus«, gab Rhodan tonlos zurück.

Borghese stemmte beide Fäuste in die Hüften. »Ich bin dagegen, daß wir uns ergeben«, sagte er. »Greifen wir das Raumschiff an, dann geht es am schnellsten.«

»Was würde geschehen, wenn wir in das Gebäude eindringen?« wollte Kersh wissen.

»Innerhalb weniger Augenblicke hätte man mich in einen willenlosen Sklaven verwandelt«, erwiderte Rhodan.

Kersh sah ernst zu ihm auf.

»Das trifft nur in Ihrem Fall zu«, sagte er. »Was würde mit meinem Vater und mir geschehen?«

Borghese holte hörbar Atem, als Kersh das Wort *Vater* aussprach. Rhodan tat, als sei er nicht über Kershs Wissen überrascht.

»Das ist schwer zu sagen«, meinte er. »Vermutlich würden die Puppenträger den Befehl erhalten, euch zu töten.«

Einen Augenblick noch ruhten Kershs Blicke auf Rhodan, in seinen Augen entstand ein eigenartiges Glänzen. Er rieb die Handflächen an seinen nassen Kleidern. Dann machte er zwei Schritte auf den Dachrand zu und sprang auf den Boden hinunter. Der Aufprall seiner Füße war kaum hörbar.

»Kersh!« rief Borghese, die Gefahr einer Entdeckung mißachtend. Der Junge war bereits im Nebel verschwunden. Borghese starrte Rhodan an wie ein Verrückter.

»Was hat er vor?« fragte er außer sich. »Warum ist er geflohen?«

Schweigend deutete Rhodan mit dem Daumen auf das Dach. Borghese schloß die Augen. Ein dumpfer Laut kam über seine Lippen. »Sie glauben, daß er in das Haus eingedrungen ist?«

»Ja«, antwortete Rhodan.

Borghese machte einen Schritt auf Rhodan zu und packte ihn an den Schultern. Seine Augen waren schmale Schlitze. Ruhig hielt Rhodan seinen wilden Blicken stand.

»Sie haben ihn hierhergebracht!« zischte Borghese.

»Lassen Sie mich los«, verlangte Rhodan gelassen.

Borghese schien wie von Sinnen. Doch er lockerte den Griff und ließ gleich darauf die Arme hängen.

»Sie haben nie viel von Ihrem Sohn gewußt«, sagte Rhodan. »Es fällt Ihnen schwer, ihn zu verstehen. Dabei ist er wie Sie – und das ist alles, was fremdartig an ihm ist.«

»Ich folge ihm«, verkündete Borghese mit plötzlicher Entschlossenheit.

»Das wäre ein weiteres sinnloses Opfer«, sagte Rhodan. »Obwohl es gleichgültig ist, wie wir unsere Niederlage hinnehmen.«

Borghese trat an den Dachrand.

»Gehen Sie nicht«, sagte Rhodan eindringlich.

Ohne ihn anzusehen, antwortete der Kolonist: »Er ist mein Sohn.« Mit diesen Worten sprang er vom Dach.

Sekunden stand Rhodan völlig bewegungslos da. Seltsamerweise war sein Emfindungsvermögen fast ausgelöscht, er fühlte überhaupt nichts, nur das eintönige Rauschen des Regens war in seinen Ohren. Mit steifen Schritten ging er auf den Entlüftungsschacht zu. Er wußte nicht, warum er den beiden Männern von Quentins Planet nicht folgte. Er empfand weder Verzweiflung noch Furcht. Es war, als erlebte er als unbeteiligter Zuschauer ein schreckliches Geschehnis. Er wußte auch, warum das so war. Sein messerscharfer Verstand hatte erkannt, daß er am Ende angelangt war. Zwar konnte er noch über das Dach gehen und einen Blick in den Entlüftungsschacht werfen. Doch diese Aktion gehörte schon zum Schlußakt. Innerhalb kurzer Zeit würde der Mensch Perry Rhodan zu existieren aufhören.

Rhodan umklammerte den Rand des Entlüftungsschachtes und schob den Kopf unter den Regenkonus. Er dachte daran, daß er im Jahre 1936 geboren war. Das bedeutete, daß er jetzt dreihundertvierundsiebzig Jahre alt war.

Er hatte eine unglaublich lange Zeit gelebt. Gemessen an den Geschehnissen im Universum hatte er in dieser Zeit nicht mehr als einen Atemzug getan. Dabei schien das Jahr 1936 unvorstellbar weit zurückzuliegen, es schien legendäre Geschichte zu sein, und war doch erst vor einer Sekunde verstrichen, wenn man die Zeit an der Ewigkeit maß. Rhodan blickte in den Raum hinunter und sah Kersh eintreten.

Kersh war stolz darauf, daß er die Angst vor den Puppen überwunden hatte. Das, was er vom Dach aus gesehen hatte, war nichts Unnatürliches. Es hatte ihn nur durch die völlige Fremdartigkeit erschrecken können.

Noch wußte er nicht, was er im Innern des Gebäudes unternehmen sollte – wenn es ihm überhaupt gelang, durch den Eingang vorzustoßen. Das tatenlose Warten auf dem

Dach – das Warten auf sein Ende, erschien ihm jedoch wesentlich schlimmer als ein direktes Vorgehen. Vielleicht gelang es ihm, irgend etwas zu tun, was die Pläne der beiden verunglückten Tammater durchkreuzen konnte.

Ohne Hast glitt Kersh durch den Nebel auf den Eingang zu.

Befriedigt stellte er fest, daß der Eingang unbewacht war. Als er ihn fast erreicht hatte, näherten sich vier Befallene von der anderen Seite. Als sie Kersh erblickten, blieben sie stehen und streckten die Arme aus.

»Halt!« rief einer der Puppenträger.

Kersh schlüpfte durch den Eingang ins Innere des Gebäudes. Warme Luft schlug ihm entgegen. Ein ätzender Geruch drang in seine Nase, der gleiche Geruch, den er bereits auf dem Dach empfunden hatte. Im Augenblick hielten sich neun oder zehn Männer hier auf. Sie beachteten ihn nicht. Wahrscheinlich hielten sie ihn für ihresgleichen. Das Licht eines Scheinwerfers erhellte den Raum unregelmäßig. Im Hintergrund erkannte Kersh die beiden Pseudo-Körper. Er sah, daß sie sich unruhig zu bewegen begannen. Offenbar registrierten sie die Nähe eines Eindringlings. Im gleichen Augenblick kamen hinter Kersh die vier Männer durch den Eingang, die ihn hatten aufhalten wollen. Auch die anderen Parasitenträger richteten sich auf. Langsam rückten sie gegen ihn vor.

Kersh machte einen Schritt nach vorn. Seine Füße berührten die große Masse des Plasmas. Nichts geschah. Dann spürte Kersh ein Ziehen zwischen den Zehen. Pseudofinger krochen aus der Substanz heraus und wanderten an seinen Beinen hinauf. Er schien in der weißlichen Masse einzusinken. Sein Körper schien Zentner zu wiegen. Er wollte sich zurückziehen, statt dessen kippte er langsam nach vorn. Dabei empfand er keine Schmerzen, nur dieses eigenartige Ziehen.

Ich schrumpfe ein, dachte Kersh entsetzt.

Die Pseudo-Körper der beiden tammatischen Raumfahrer wogten wie verrückt hin und her, als wollten sie herüberkriechen, um das weitere Eindringen Kershs zu verhindern.

Sie verloren die Kontrolle über die Gebilde, die sie im Laufe eines Jahres mühsam geschaffen hatten. Dicke Klumpen sackten einfach in sich zusammen. Kersh war bereits bis zu den Oberschenkeln im Protoplasma eingesunken. Es würde nicht lange dauern, bis es ihn völlig aufgelöst hatte. Aber dieser Prozeß schien weder das Ende zu bedeuten, noch bereitete er dem Jungen Schmerzen. Er begriff, daß er nicht vernichtet wurde, sondern nur in einen anderen Körper überging.

Da entstand vor ihm eine Blase in der lebenden Substanz. Es sah so aus, als wollte sie sich von ihm zurückziehen. Mit aufgerissenen Augen verfolgte Kersh die Vorgänge.

Das Protoplasma zog sich tatsächlich zurück.

Gleichzeitig drangen die Puppenträger gegen ihn vor. Kersh begriff, was geschah. Die verunglückten tammatischen Kolonisten spürten, daß ihnen die Kontrolle über die Substanz entglitt, der sie selbst als Teil angehörten.

Das konnte nur bedeuten, daß er, Kersh, instinktiv bereits einen gewissen Einfluß auf das Protoplasma ausüben konnte. Natürlich, es stellte die vollendete Form seiner eigenen paranormalen Fähigkeit dar.

Sofort begann Kersh sich gegen die Entnahme der Substanz vor ihm aufzulehnen. Er versuchte, die Masse, die von ihm fortkroch, aufzuhalten. Die Blase vor ihm zerplatzte mit einem dumpfen Ton. Die Pseudokörper der Tammater zerflossen mehr und mehr. Sie mußten alle Kraft aufbieten, um den Einfluß Kershs zu unterbinden.

Da fühlte sich Kersh an den Schultern gepackt. Zwei Puppenträger hatten ihn erreicht und wollten ihn aus dem Plasmawesen hervorziehen. Kersh kämpfte verzweifelt.

Er mußte gegen zwei Seiten gleichzeitig angehen. Da tauchte Borghese brüllend im Eingang auf. Seine gewaltigen Arme schwangen wie Keulen durch die Luft. Er streckte drei der Männer nieder, die sich ihm in den Weg stellten. Die beiden Befallenen ließen von Kersh ab, um sich Borghese zuzuwenden. Inzwischen war es den Tammatern gelungen, Kersh weitere Substanz zu entziehen. Direkt vor dem Jungen war eine Vertiefung innerhalb des Plasmas entstanden. Trotzdem versank er immer tiefer in der weißen Masse.

Kersh konzentrierte sich ganz auf das Protoplasma. Es gelang ihm, den Entzug der Substanz aus seiner Nähe zu stoppen. Auf längere Sicht mußte er jedoch den Anstrengungen der Tammater erliegen. Noch besaßen sie eine vollkommenere Kontrolle über diesen riesigen Körper. Ein dumpfes Dröhnen ließ Kersh herumfahren. Er sah Borghese taumeln. Sein Vater mußte sich unbewußt aufgerichtet haben und war mit dem Kopf hart an die Decke gestoßen.

Kersh schrie auf, als Borghese mit dem Gewicht seines Körpers eine Bresche in die ihn umringenden Gestalten riß. Einen Augenblick sah es so aus, als könnte er das Gleichgewicht halten, doch dann rutschte er ab und stürzte mit dem Gesicht nach vorn in das Plasmalebewesen. Innerhalb einer Minute war er darin versunken, als habe es ihn nie gegeben. Die Substanz begann zu wallen. An der Stelle, wo die beiden Tammater ihre Pseudokörper gebildet hatten, herrschte wilder Aufruhr. Gleichzeitig spürte Kersh, wie sich sein Einfluß auf das Plasma steigerte. Er war jetzt bis zum Brustansatz darin untergetaucht.

Da *fühlte* er die Stimme seines Vaters. Er hörte Borghese nicht sprechen, aber er spürte die Nähe des großen Mannes.

Du darfst dich nicht dagegen wehren, vermittelte ihm das Gefühl. *Wir können dieses Wesen beherrschen, sobald wir die beiden anderen vertrieben haben.*

Dort, wo Borghese verschwunden war, bildete sich eine klumpenförmige Erhebung, die langsam auf den Platz zuwanderte, wo die Tammater sein mußten. Kersh wunderte sich, daß die Erhebung immer höher anstieg, und er merkte kaum, daß es daran lag, daß er immer tiefer einsank.

Von einem Augenblick zum anderen konnte er nichts mehr sehen. Doch die Dunkelheit um ihn herum war ohne Schrecken. Im Gegenteil, Kersh spürte, daß ihn ein Gefühl der Geborgenheit durchströmte. Er fühlte sich eins mit dieser Masse, die ihn umschloß. Gleichzeitig begann er andere Instinkte zu entwickeln. Auf einem ihm noch unbekannten Weg erfuhr er alles über die Umwelt. Er *sah* sie nicht länger, er konnte sie *fühlen*. Und dieses Gefühl erschien ihm ungleich intensiver als alles andere, was ihn bisher durchdrungen hatte. Er fühlte jede einzelne Vertiefung im Boden, die Bruchstellen im Metall, die Bewegungen der bedauernswerten Männer von der ALAMO, den Regen und seine kühle Nässe. Alles drang wie eine Melodie in sein Bewußtsein, eine Melodie, von der er jeden Ton genau unterscheiden konnte.

Und er spürte Borghese. Die Kraft dieses Mannes schien auf das Protoplasma übergegangen zu sein.

Aber es gab auch etwas anderes. Etwas, das störend wirkte. Die beiden Tammater versuchten mit allen Mitteln, den Einfluß über die Substanz zu behalten. Kersh fühlte, daß Borghese weiter von ihm wegglitt. Der Wunsch in ihm, zu helfen, wurde übermächtig.

Und er kroch davon. Er schob sich auf hundert winzigen Pseudofüßen voran. Er hatte aufgehört, Kersh, der Junge von Quentins Planet, zu sein. Nun war er Teil dieses Lebewesens. Nur sein Bewußtsein war geblieben.

Er nahm dieses Gefühl eines völlig anderen Lebens in sich auf. Tief in seinem Bewußtsein wuchs die Ahnung heran, daß das neue Leben ungleich vielfältiger als sein vergangenes sein könnte. Wenn es ihm gelang, zusammen mit Borghese die Kontrolle über den Plasmastoff zu übernehmen, gab es kaum noch Grenzen für sie.

Sei vorsichtig, warnte Borghese. *Die beiden anderen sind gefährlich!*

Diese Information erhielt er nicht in Worten. Er *fühlte* die Warnung, die von Borghese ausging, und er *fühlte,* daß er vorsichtig sein mußte.

Er übermittelte Borghese, daß er kam, um ihn zu unterstützen. Je weiter er vordrang, desto leichter fiel es ihm, das Plasma zu kontrollieren. Es funktionierte fast auf der gleichen Basis wie das Verändern seines menschlichen Körpers. Die Möglichkeiten, die ihm hier offenstanden, übertrafen seine Fähigkeiten als Mensch jedoch mehrfach. Dann kam er nicht mehr voran.

Vor ihm war der Feind.

Wieder fühlte er das eigenartige Ziehen, als wollte ihn jemand herausstoßen aus dieser warmen Sicherheit. Wild kämpfte er dagegen an. Neben ihm war Borghese.

Die beiden Tammater waren stark. Ein Jahr hatte genügt, um sie mit großer Erfahrung auszustatten. Damit glichen sie die natürlichen Fähigkeiten der beiden Eindringlinge aus. Und doch hatten sie keine Chance. Borghese und Kersh waren vollständig innerhalb des Plasmas aufgegangen. Sie konnten die gesamte Substanz einsetzen.

Sie brachten es jedoch nicht fertig, die beiden Tammater aus dem Protoplasma zu vertreiben. Sie konnten sie auch nicht töten, da sie dann einen Teil ihrer selbst vernichten mußten. Ihre einzige Möglichkeit bestand darin, den Gegner niederzuhalten und zu dulden, wie man ein harmloses Geschwür duldet.

Sie rangen mit den Tammatern, bis diese erschöpft aufgaben. Kersh war sich dessen bewußt, daß es die beiden immer wieder versuchen würden, sich über ihn und Borghese zu erheben. In Zukunft mußten sie wachsam sein.

Wir haben es geschafft! ließ Borghese ihn mit Erleichterung fühlen.

Nun sind wir die Mächtigen, gab Kersh zurück. Eine Weile waren sie still und nahmen diese neue wunderbare Welt in sich auf.

Viel ist noch zu tun, übermittelte Borghese schließlich.

Ohne zu fragen, wußte Kersh, was diese Aufforderung alles einschloß. Die Eroberer waren besiegt, aber ihre Puppen lebten noch. Es wäre ihnen leichtgefallen, die Pläne der Tammater weiter zu verfolgen.

Kersh fühlte irgend etwas auf dem Dach des Gebäudes. Seine Erinnerung sagte ihm, daß es Perry Rhodan war. Sie konnten diesen Mann noch aufnehmen, wenn er darum bat.

Doch Rhodan würde nie auf einen solchen Gedanken kommen. Borghese und er hatten als Mutanten gelebt, Wesen, die sich beträchtlich von normalen Menschen unterschieden. Rhodan jedoch war ein Mensch. Kersh fühlte, daß Borghese und er Rhodan jetzt überlegen waren. Doch diese Überlegenheit machte ihn weder stolz noch arrogant. Zu sehr war ihm bewußt, daß sie auf seinem neuen Körper beruhte.

Der Mensch ist noch auf dem Dach, ließ er Borghese wissen. Es war ein Schlußstrich unter alles, was bisher geschehen war. Perry Rhodan war ein Mensch. Borghese und Kersh jedoch ... nun – sie würden es herausfinden.

Er lag auf dem Dach und hatte die Hände weit von sich gestreckt, so daß seine Handflächen das kühle und nasse Metall berührten. Seine Augen waren geschlossen.

In ungläubigem Entsetzen hatte Rhodan die Vorgänge innerhalb des Gebäudes verfolgt. Noch immer stand das Bild vor seinen Augen, wie der Junge von Quentins Planet langsam in der Substanz verschwunden war. Borgheses Ende war ihm weitaus schrecklicher erschienen, denn es war schnell gekommen.

Nun hatten sie die Antwort. Sie wußten, wie das Plasma auf Wesen reagierte, die sich von den Parasiten nicht beeinflussen ließen. Rhodans Hände verkrampften sich. *Sie* wußten es nicht mehr, nur er, der letzte Mensch auf dieser Welt, der den Eroberern noch nicht zum Opfer gefallen war, wußte es.

Aber sein Wissen war wertlos.

Er zog die Arme an den Körper und richtete sich langsam auf. Einen Augenblick verharrte er auf den Knien, dann erhob er sich vollständig. Seine knochigen Schultern zeichneten sich unter dem durchnäßten Umhang ab. Pausenlos jagte der Zellaktivator lebensspendende Ströme durch Rhodans Körper.

Wozu, fragte sich Rhodan. Wozu arbeitete das Gerät noch?

Hatte das Geisteswesen vom Kunstplaneten Wanderer Rhodans Schicksal vorhersehen können, als es ihm diesen Zellaktivator übergeben hatte, der den Träger unsterblich machte, sofern kein gewaltsamer Tod eintrat?

Hatte dieses unvorstellbare Wesen wissen können, daß von einem unbekannten Planeten aus ein großer Eroberungsfeldzug beginnen würde? War es aus diesem Grund aus der Galaxis verschwunden? Die Antworten auf diese Fragen würde Rhodan nicht jetzt erhalten, nicht jetzt und nicht an dieser Stelle. Aber gab es für ihn überhaupt noch eine Zukunft? Eine Zukunft als freier Mensch?

Rhodan starrte in den wogenden Nebel hinein. Er dachte an Borghese und dessen Sohn. Hatten die beiden Mutanten gekämpft, bevor es zur vollständigen Auflösung gekommen war? Hatten sie versucht, die gleiche Kontrolle über das Plasma zu erlangen wie die verunglückten Tammater? Wahrscheinlich waren sie von den Beherrschern des Plasmas sofort getötet worden.

»Rhodan!«

Rhodan zuckte zusammen. Litt er bereits unter Halluzinationen? Er hatte geglaubt, daß jemand seinen Namen gerufen hatte. Doch wer sollte jetzt nach ihm rufen?

Er wanderte zum Dachrand und blickte hinunter.

Ein Besatzungsmitglied der ALAMO stand unter ihm, im Nebel kaum zu erkennen. Der Mann starrte zu Rhodan herauf. Hatte er gerufen? Rhodan wußte, daß man ihn jetzt entdeckt hatte. Er fühlte, daß noch einmal der Wille zum Kämpfen in ihm aufflackerte.

Er stieß sich mit beiden Füßen ab und sprang direkt auf den Mann hinab, der keine Gelegenheit zu einer Reaktion hatte. Rhodan fühlte, wie er auf den Puppenträger prallte und ihn mit zu Boden riß. Der Mann fiel schwer auf die Felsen. Rhodan landete über ihm. Er schlug zweimal hart zu, dann hörte der Befallene auf sich zu bewegen.

Rhodan schüttelte ihn mehrmals und stand auf. Er atmete heftig. Als er sich umdrehte, sah er sich von einem guten Dutzend Männer umringt.

»Glaubt nicht, daß ich es euch leichtmache«, knurrte er leise.

Sie schauten ihn an, als verstünden sie ihn nicht. Leutnant Anglesy, der unter ihnen war, trat einen Schritt vor und hob die Hand. Rhodan duckte sich.

»Sir«, sagte Anglesy.

Rhodan blickte in die Augen des Offiziers. Sie sahen ihn voll an. Dunkle Schatten lagen darunter. Täuschte er sich, oder besaß Anglesy nicht diesen stupiden Blick der Befallenen?

Rhodans Kopf senkte sich. Anglesy trug nach wie vor eine Puppe.

Der Leutnant schien den Blick zu deuten. Er lächelte und löste die Puppe mit einem raschen Griff vom Körper.

Rhodan benötigte mehrere Sekunden, um das Geschehen zu begreifen. Er sah, daß sich die Spannung in den Gesichtern der anderen Männer löste. Sie lächelten ebenfalls. Keiner von ihnen zeigte noch das Verhalten eines Befallenen.

»Was bedeutet das?« stieß Rhodan hervor. »Was ist geschehen?«

Anglesy legte seine Puppe auf den Boden. Das Plasma verließ den Metallkörper und kroch langsam auf den Eingang des Gebäudes zu. Der Leutnant wischte sich die nassen Haare aus dem Gesicht.

»Ihre beiden Freunde von Quentins Planet haben die Kontrolle über das Protoplasma übernommen«, sagte er. »Es besteht keine Gefahr mehr für uns.«

Wie um seine Worte zu bestätigen, kam ein weiterer Mann aus dem Haus. Er schob sich an den anderen vorbei und blieb vor Rhodan stehen.

»Paßt auf ihn auf!« zischte Rhodan und sprang zur Seite. »Er steht noch unter dem Einfluß seiner Puppe.«

Die Männer rückten drohend zusammen, doch der Befallene blieb stehen.

»Wir sprechen zu Ihnen über diesen Mann, Rhodan«, sagte er ruhig.

Mit einem Wink brachte Rhodan die Raumfahrer zum Stehen.

»Borghese«, murmelte Rhodan. »Borghese und Kersh. Ich dachte, daß ihr nicht mehr am Leben seid.«

»Vom menschlichen Standpunkt aus sind wir tot«, sagte der Mann gleichgültig. Seine Augen schienen an Rhodan vorbei auf irgend etwas im Nebel zu blicken. Wahrscheinlich wußte er überhaupt nicht, was er im Augenblick tat.

»Wir leben in anderer Form weiter«, fuhr er fort.

Rhodan fühlte, daß sich seine Kehle zuschnürte. Wenn er sich vorstellte, daß Borghese und Kersh noch vor kurzer Zeit neben ihm gestanden hatten, erschienen ihm die Worte unglaublich.

»Gibt es eine Möglichkeit, Ihnen und dem Jungen zu helfen, Borghese?« fragte er zögernd.

»Helfen?« Der Mann schüttelte sich. »Von unserem Standpunkt aus habt *ihr* Hilfe nötig. In euren primitiven Körpern erscheint ihr uns schwach und hilflos.«

Rhodan und Anglesy tauschten einen schnellen Blick. Der Leutnant zuckte ratlos mit den Schultern.

»Was geschieht mit den Befallenen auf Tammat und Quentins Planet?« erkundigte sich Rhodan.

»Sie sind in diesem Augenblick frei«, erhielt er zur Antwort. »Der Mann, durch den wir sprechen, ist der letzte Mensch, der von dem Protoplasma kontrolliert wird.«

»Was ist mit den beiden tammatischen Raumfahrern?« fragte Rhodan.

»Wir haben sie überwunden. Sie stellen keine Gefahr mehr dar – weder für euch noch für uns.« Der Raumfahrer bewegte seine Lippen wie ein Halbtoter. Rhodan hatte Mühe, alle Worte zu verstehen. Er fühlte unzählige Fragen in sich aufsteigen. Es war schwer, zu entscheiden, welche die wichtigsten waren. Viele würden nie beantwortet werden.

»Was geschieht nun? Können wir diese Welt verlassen?

»Ja«, kam die Antwort. »Aber wir fordern Ihr Versprechen, Perry Rhodan, daß nie wieder ein Raumschiff des Imperiums auf dieser Welt landen wird. Wir haben keine Eroberungspläne, aber wir werden uns dagegen wehren, daß Forschungsschiffe landen und die lebende Substanz untersuchen, mit der wir verschmolzen sind. Es gibt viel Arbeit für uns. Wir fordern nichts. Aber wir werden Sie nicht ohne Ihr Versprechen gehen lassen.«

Rhodan blickte zum Gebäude hinüber, das aus Leichtmetallwänden der CENTER BEC TAMMAT bestand. Er gestand sich ein, daß er bereits daran gedacht hatte, das Protoplasma von Wissenschaftlern untersuchen zu lassen. Er zögerte mit der Antwort. Der von der Puppe beherrschte Mann schwankte leicht. Regen rann ihm übers Gesicht. Es schien ihm nichts auszumachen.

»Wie lautet Ihre Antwort, Perry Rhodan?« fragte er.

Rhodan überlegte. Wenn er ein Versprechen gab, dann würde er es halten. Er dachte jedoch gleichzeitig an den Verlust, den die Menschheit mit der Aufgabe dieser Welt erleiden würde. Die Fähigkeiten Borgheses und Kershs hätten der Menschheit neue Wege erschließen können. Das Protoplasma wäre ein unschätzbarer Verbündeter gewesen.

»Ihre Antwort«, wiederholte der Mann.

Die Raumfahrer wurden unruhig. Anglesy biß sich auf die Unterlippe. »Er wartet, Sir«, sagte er unruhig.

»Ich weiß« erwiderte Rhodan. Er wandte sich dem Befallenen zu.

»Ich verspreche es«, sagte er.

Nein! wollte er rufen. *Nein! Wir brauchen eure Mitarbeit. Ihr könnt euch nicht ausschließen!*

Er gab jedoch keinen Laut von sich. Der Mann, durch den Borghese und Kersh gesprochen hatten, löste sich aus der Starre und riß die Puppe vom Körper. Er legte sie auf den Boden, und sie kroch langsam davon.

Rhodan drehte sich um.

»Gehen wir zur ALAMO«, sagte er. »Es wird Zeit, daß wir die Flotte beruhigen. Sicher hat man inzwischen nach uns gesucht. Außerdem müssen wir Major Wilken auf Quentins Planet abholen.«

Anglesy kam an seine Seite. »Sie haben richtig gehandelt, Sir«, sagte er langsam.

Rhodans Augenbrauen hoben sich. Er blickte geradeaus, während er neben dem Leutnant durch den Regen ging.

»Glauben Sie?« fragte er mit schwacher Ironie.

»Niemand von der Besatzung hat Ihr Versprechen ernst aufgefaßt«, versicherte Anglesy. »Wir brennen darauf, diese Hütte von der ALAMO aus zu zerglühen.«

Rhodan blieb unwillkürlich stehen. Erst jetzt verstand er

Anglesys vorausgegangene Bemerkung. Die Männer der Besatzung dachten, daß er dieses Versprechen nur als Vorwand benutzt hatte, um ins Schiff zu gelangen. Er konnte den unbändigen Haß dieser Männer verstehen. Lange Zeit waren sie nichts als willenlose Sklaven des Plasmas gewesen. Das konnten sie nicht vergessen.

Anglesy schien sein Schweigen als Zustimmung aufzufassen.

»Wissen wir, ob das alles nicht ein Trick war?« erkundigte er sich. »Das Teufelswesen will sich wahrscheinlich nur in aller Ruhe weiter vergrößern, bis wir es überhaupt nicht mehr unter Kontrolle bringen können. Ich habe mit eigenen Augen gesehen, wie es die beiden Kolonisten von Quentins Planet getötet hat.«

»Ich war auf dem Dach, als es geschah«, gab Rhodan bekannt. »Auch ich habe alles verfolgen können.«

»Dann wissen Sie Bescheid«, sagte Anglesy heftig. »Es steckt irgendeine Teufelei hinter unserer Befreiung. Bevor es uns in weitere Schwierigkeiten bringen kann, müssen wir es vernichten.«

»Ich glaube, daß ich Sie und die Besatzung enttäuschen muß«, sagte Rhodan und setzte sich wieder in Bewegung.

»Sir!« entfuhr es Anglesy. »Sie wollen doch damit nicht sagen, daß wir mit der ALAMO einfach von hier verschwinden, ohne dieses Ding getötet zu haben?«

»Doch«, erwiderte Rhodan trocken.

Anglesy schnaubte. »Ich verstehe«, sagte er. »Sie wollen die Arbeit einem größeren Flottenaufgebot...«, er stockte. Rhodan sah, daß ihn der Offizier mit aufgerissenen Augen anstarrte.

»Nein«, murmelte Anglesy. »Nein, Sir. Das wollen Sie nicht. Sie werden Ihr Versprechen halten.«

Grenzenlose Enttäuschung lag in seinen Worten und – Rhodan registrierte es ohne Erregung – der Wille, sich gegen die Entscheidung des Vorgesetzten aufzulehnen. Anglesy war zweifellos ein fähiger und disziplinierter Offizier, aber er hatte schreckliche Dinge erlebt, die seinen Verstand belasteten. Es schien für ihn keinen anderen Ausweg zu geben, als den Peiniger zu vernichten. Rhodan verstand diese Reaktion. Er mußte damit rechnen, daß sich die anderen Mitglieder der Besatzung Anglesys Meinung anschlossen.

Nun mußte er aufpassen, daß sie ihn nicht überrumpelten. Es war nicht sicher, ob sie es bis zur Meuterei kommen lassen würden. Ein einziger Schuß aus den schweren Bordwaffen der ALAMO – angeblich unbeabsichtigt ausgelöst – konnte genügen, um die Oberfläche dieser Welt in einem Umkreis von mehreren Meilen zu verbrennen. Das durfte nicht passieren.

»Entschuldigen Sie, Sir«, meldete sich Anglesy. »Ich möchte wissen, ob Sie Ihr Versprechen halten? Die ganze Besatzung ist daran interessiert, es zu erfahren.«

»Wir werden diesen Planeten nie wieder betreten«, sagte Rhodan. »Und wir werden ihn verlassen, ohne einen einzigen Schuß abzugeben.«

Er spürte die Kluft, die nach diesen Worten zwischen ihm und den anderen entstand. »Leutnant Anglesy«, sagte er.

»Sir?«

»Haben Sie jemals in Ihrem Leben ein Versprechen gebrochen?«

Anglesy antwortete nicht, sondern verschwand im Nebel. Rhodan lächelte schwach. Spätestens in der Hauptschleuse der ALAMO würde sich Leutnant Anglesy bei ihm entschuldigen.

Es würde nicht zu einer Meuterei kommen.

Leutnant Rore Kalmat schwenkte den drehbaren Pilotensitz herum, so daß er auf den Bildschirm der Außenübertragung blicken konnte. Er sah müde aus, aber die bitteren Linien um seinen Mund hatten sich gelöst.

Rhodan überblickte die Zentrale der ALAMO. Ruhig trafen die Männer die Vorbereitungen zum Start. Auch Anglesy war in der Zentrale. Er hatte sich bei Rhodan entschuldigt. Kein Besatzungsmitglied hatte noch einen Einwand erhoben.

»Bald werden Sie diese schlimmen Dinge vergessen können«, sagte Rhodan. »Denken Sie daran, daß wir auf Tammat noch eine Feier nachzuholen haben. Eine Feier, die wahrscheinlich alles übertreffen wird, was wir bisher erlebt haben.«

Kalmat schmunzelte. »Ich frage mich, ob Purcells Tochter in Wirklichkeit genauso reizvoll ist, wie sie aussieht.«

Die Startvorbereitungen gingen weiter. Rhodan bedauerte, daß sie keine Möglichkeit hatten, einen Funkspruch an die Flotte abzusetzen. Es blieb ihnen nichts anderes übrig, als auf Tammat zu landen und von dort eine Nachricht über den Hyperkom der Kolonie abzustrahlen. Rhodan wollte vermeiden, daß das gesamte Imperium in Aufruhr versetzt wurde, weil die ALAMO sich so lange nicht meldete.

Schließlich hob sich der Leichte Kreuzer vom Boden des Planeten ab. Rhodan starrte auf den Bildschirm der Außenübertragung. Schnell blieb der Bodennebel unter ihnen zurück. Eine graue, düstere Atmosphäre nahm das Schiff auf.

Rhodan lehnte sich etwas nach vorn. Er kniff die Augen zusammen. Sein Herz begann schneller zu schlagen. Er packte Leutnant Kalmat am Arm. »Sehen Sie doch!« stieß er hervor.

Kalmat betrachtete verwirrt den Bildschirm. »Was meinen Sie, Sir?« fragte er unsicher.

Rhodan ließ sich in den Sessel zurücksinken. »Es ist schon gut«, sagte er leise.

Vielleicht hatte er sich getäuscht. Vielleicht war er einer Halluzination zum Opfer gefallen. Er schloß die Augen und versuchte, sich an das zu erinnern, was er gesehen zu haben glaubte. Zwischen den Nebelschwaden am Boden, so war es ihm erschienen, hatte er die schlanke Gestalt eines Jungen gesehen. Ein dünner, hagerer Junge, der bewegungslos im Regen stand und dem Schiff nachstarrte.

Rhodan schüttelte den Kopf. Der wogende Nebel hatte ihm einen Streich gespielt. Es war sinnlos, daß er sich darüber überhaupt Gedanken machte. Er würde die Wahrheit nie erfahren.

Denn er würde nie auf diese Welt zurückkommen.

Sie sind weg. Das Raumschiff hat unsere Welt verlassen.«

»Ob sie jemals wiederkehren?«

»Nicht, solange Rhodan am Leben ist. Er hat ein Versprechen gegeben, daß dieser Planet unberührt bleibt.«

»Versprechen! Ein abstrakter Begriff.«

»Nicht für einen Menschen.«

»Wann werden wir wieder Menschen sehen? In hundert Jahren? In tausend? In Millionen von Jahren?«

»Welche Jahre meinst du?«

»Menschenjahre!«

»Wir wissen nicht, was ein Menschenjahr ist. Wir wissen überhaupt nichts über die Zeit. Sie ist für diesen Körper ein vager Begriff. Er erneuert sich ständig.«

»Ich glaube, wir werden vieles über die Menschen vergessen. Vielleicht können wir uns irgendwann überhaupt nicht mehr an sie erinnern. Was wird dann sein?«

»Irgendwann in der Zukunft wird es keine Menschen mehr geben. Sie werden zwischen den Sternen versickern. Irgendwo in den Tiefen des Universums werden sie verschwinden. Wie unzählige Rassen vor ihnen.«

»Dann kommt unsere Zeit.«

»Vielleicht. Es ist möglich, daß wir in der Zukunft einmal diese Welt verlassen werden.«

»Seltsam – ich möchte nie wieder ein dürrer häßlicher Junge sein.«

»Und ich nie wieder ein bärtiger großer Mann.«

EPILOG

Sie fühlte, daß das Grauen sie in den Strudel des Wahnsinns hinabziehen wollte. Es war, als schwämme sie gegen einen reißenden Strom an, um das rettende Ufer zu erreichen.

Sie mußte aufhören, sich zu erinnern. Die Erinnerung bestand aus entsetzlichen Geschehnissen, aus Dingen, die unfaßbar erschienen. Millicent Vayont blickte zum Tisch inmitten des Raumes. Clint saß dort.

Er hatte beide Hände gegen die Schläfen gepreßt. Sein Gesicht war verzerrt. Ihre Nerven begannen zu flattern, als ihr einfiel, wie sie in den vergangenen Monaten neben ihm gelebt hatte, ohne sich seiner bewußt zu werden. Ein Mann und seine Frau hatten in ihrem Haus gewohnt, ohne sich füreinander zu interessieren. Mit stumpfen Blicken waren sie aneinander vorbeigegangen.

Millicent Vayont ging langsam auf den Tisch zu. Der Druck in ihrem Gehirn war verschwunden. Sie war sich ihrer wieder bewußt. Sie begriff, daß dieser Mann am Tisch Clint war, *ihr* Mann. Die Schwäche drohte sie zu übermannen.

Da stand Clint auf. Seine Augen flackerten. Mit zitternden Händen schob er den Stuhl unter den Tisch. Ihre Lippen bebten, als er sich ihr zuwandte.

»Clint«, hörte sie sich rufen. Ihre Stimme kam ihr fremd vor. Wie lange hatten sie nicht miteinander gesprochen?

Da sah sie, daß die Puppe noch immer in seinem Gürtel hing. Ihre Augen weiteten sich. Sie schaute an sich herunter und sah ihren eigenen Parasiten, der wie leblos an ihrem Kleid hing.

Als Clint die Puppen aus der Stadt mitgebracht hatte, war das Grauen über sie hereingebrochen. Sie wagte nicht, das Ding anzufassen. Instinktiv fühlte sie, daß es keine Gewalt mehr über sie besaß. Sie wußte nicht, warum das so war, aber die Erleichterung allein konnte sie nicht beruhigen. Was, wenn Clint noch immer unter dem Einfluß seiner Puppe stand?

Sie wich vor ihm zurück, als er auf sie zukam.

»Clint«, flüsterte sie.

Er hob die Arme und blieb stehen. Es war eine hilflose Geste. Alles in ihr drängte danach, zu ihm zu gehen. Sie sehnte sich danach, von ihm umarmt zu werden, damit sie alles vergessen konnte, was geschehen war.

Durch das große Fenster drang helles Tageslicht. Sie konnte den Mast für meteorologische Vermessungen erkennen, der leicht im Wind schwankte. Dahinter breitete sich der grüne Dschungel aus.

Zum erstenmal wurde sie sich all dieser Dinge wieder bewußt. Wie lange war es her, daß sie keine meteorologischen Forschungen mehr durchgeführt hatten?

Clint bewegte sich unsicher. Seine Hand tastete über die Puppe, dann riß er sie ab und schleuderte sie davon.

»Wir sind frei«, stammelte er.

Die Worte erschienen ihr wie eine Erlösung. Sie machte einen Schritt auf ihn zu und fühlte gleich darauf seine Arme um ihren Körper. Sie hörte sein Herz schlagen und fühlte die Wärme seines Körpers. »Oh, Clint«, flüsterte sie.

Er löste sie behutsam von sich und zog sie mit hinaus auf die Veranda. Da erwachten ihre Sorgen.

»Was ist mit den Menschen in der Stadt?« sprudelte sie hervor. »Sind sie alle von diesen entsetzlichen Puppen befallen?«

Clint Vayont kniff die Augen zusammen. Er blickte zum Landeplatz hinüber. Um den Hubschrauber wucherten die ersten Pflanzen. Es wurde Zeit, daß er wieder rodete.

»Als ich die Stadt verließ, besaß fast jeder eine dieser Puppen«, sagte er langsam.

Sie lehnte sich gegen ihn. Er fühlte, wie sie erschauerte, trotz der Wärme des Tages.

»Bedeutet das ...«, begann sie.

»Wir wissen nicht, was es bedeutet«, sagte er. »Hoffen wir, daß sie jetzt ebenso frei sind wie wir.«

»Wir müssen nachsehen«, drängte sie. »Oh, Clint, ich kann die Ungewißheit nicht ertragen. Wenn ich daran denke, daß sie aus der Stadt kommen könnten, um uns erneut in ihre Gewalt zu bringen...«

Clint blickte zum Haus zurück. Er zögerte. Einen Augenblick dachte er daran, seine Frau hier zurückzulassen, um allein nachzusehen, was in der Stadt geschehen war. Doch das war unmöglich. Er durfte sie nicht hier ohne Schutz in der Station lassen.

»Du hast recht«, sagte er. »Wir müssen uns überzeugen, was mit der Kolonie passiert ist.«

»Vielleicht sind alle tot«, sagte Millicent. »Ist es nicht möglich, daß man uns hier nur vergessen hat? Woher kommen diese schrecklichen Puppen?«

Er versuchte zu lächeln. »Viele Fragen, für die es keine Antwort gibt«, erwiderte er.

Sie gingen gemeinsam zum Hubschrauber. Ihre Körper warfen lange Schatten im Licht der tief über dem Dschungel stehenden Sonne. Millicent Vayont wunderte sich darüber, daß sie auf solche Kleinigkeiten achtete. Es war, als sei sie dem Leben zurückgegeben worden. So mußte es sein, wenn ein Mensch gleich erwachsen zur Welt kam. Ein verrückter Gedanke. Wäre die Angst um die Kolonie nie gewesen, sie wäre wie ein Kind neben Clint über den Weg gehüpft.

Clint Vayont stieg in das Flugzeug und untersuchte den Motor. Kurze Zeit später streckte er seinen eckigen Kopf aus der Kanzel. »Es scheint alles in Ordnung zu sein«, gab er bekannt. »Wir können starten.« Er half ihr herauf.

»Ob wir jemals hierher zurückkommen?« fragte sie leise.

Er ließ den Motor an. Seine Antwort ging im Lärm der Rotoren unter. Clints Hände umschlossen den Steuerknüppel. Langsam hob sich der Hubschrauber vom Boden ab. Clints graue Augen musterten aufmerksam die Umgebung.

»Es gibt schönes Wetter«, stellte er mit einem Blick zum Himmel hinauf fest. Sie wußte, daß er sich als Meteorologe auf Tammat glänzend bewährt hatte. Weniger seine angelernten Fähigkeiten als seine natürliche Begabung ließen ihn sichere Wettervorhersagen machen. Er schaffte das ohne Beobachtungssatelliten und Atmosphäretaucher.

Während des Fluges blieben sie schweigsam. Clint liebte es nicht, die Steuerung dem Autopiloten zu überlassen. Er konzentrierte sich ganz auf den Flug. Millicent glaubte, daß es die Anspannung war, die sie schweigsam machte. Je näher sie der Stadt kamen, desto unruhiger wurde sie. Manchmal war sie soweit, daß sie Clint am Arm packen und ihn bitten wollte doch umzukehren, bevor es dafür zu spät war.

Der Dschungel hörte auf, als habe eine riesige Maschine einen ausgedehnten freien Platz ausgestanzt.

Sie konnten die Stadt sehen. Unverändert lag sie vor ihnen. Millicent lehnte sich weit vor. Kurz darauf sahen sie, daß überall Menschen versammelt waren.

»Auf jeden Fall scheint noch jemand zu leben«, bemerkte Clint trocken. Als sie über die ersten Häuser hinwegflogen, winkten einige Männer zu ihnen herauf.

»Sieh doch, Clint! Sie winken!« Millicent Vayont stand aufgeregt von ihrem Platz auf.

Er drosselte die Geschwindigkeit und drückte den Hubschrauber langsam nach unten.

»Clint, du kannst doch nicht auf der Straße landen.«

Er grinste und steuerte auf die winkenden und lachenden Menschen zu. Unbewußt tasteten Millicents Hände über ihren Bauch. Da fühlte sie die Puppe. Sie stieß einen Schrei aus. Clints Kopf flog herum. Dann sah er, was sie erschreckt hatte.

Mit einer Handbewegung öffnete er die Seitenklappe.

»Wirf sie weg!« stieß er voller Abscheu hervor. »Wirf sie weg!«